KB124079

너의 손을 잡으며

아이에게 배우고
아이와 함께하며

정민규 · 정혜민 · 정혜리

또또규리 출판사를 소개합니다.

**또또규리 출판사의 슬로건
"세상에 필요한 책을 만듭니다."**

인생과 세상의 변화를 위한 다양한 주제를 깊이 있게 다룹니다.

출판사명 '또또규리'는 두 딸의 애착인형 이름을 합한 것으로,
자녀가 보기에도 좋은 책을
정성스럽게 만들고자 하는 마음을 담았습니다.

**또또규리 출판사의
유익한 메시지를 여러 채널로 만나 보세요.**

유튜브 @ttottokyuri
인스타 @ttottokyuri
홈페이지 https://blog.naver.com/ttottokyuri

**또또규리 출판사의
새로운 메시지와 소식을 받아 보기 원하시면**

또또규리 출판사의 이메일 aiminlove@naver.com으로
독자의 이메일 주소만 알려 주시면 됩니다.
일주일에 한 번 이메일로 또또규리 출판사의
새로운 메시지나 소식을 보내 드립니다.

내 삶의 모든 것
하나님께 감사드리며.

사랑하는 혜자매님들(인혜, 혜민, 혜리)
항상 고맙고 축복해요.
우리 실컷 웃으며 살아요.

차례

1부. 아이에게 배우고

2부. 아이와 함께하며

프롤로그

아이에게 배우고
아이와 함께하며
아이와 같이 자라는

저는 글을 통해서 살아가는 사람입니다. 이번에는 아이와 함께하는 삶에 대한 글을 통해 인생을 살아가게 되었습니다.

〈너의 손을 잡으며〉 이 책을 쓰다가 이런 생각이 들었습니다. 내 인생 가장 소중한 글은 바로 가족과 함께하면서 느낀 걸 쓴 글이겠구나. 이 책이 바로 저에게 그처럼 소중한 글입니다.

아이의 손을 잡았을 때 저는 '사랑이란 무엇인가, 사람이란 무엇인가' 느끼고 생각하게 됩니다. 그렇게 두 딸의 손을 잡으며 사랑과 사람을 배워 가게 됩니다. 이걸 한마디로 말하자면, 아이 자체를 배워 가게 됩니다. 아이라는 존재 자체를요.

저는 이 책을 쓰면서 아이를 닮기를 소망했습니다. 하얀 도화지 같은 아이의 그 순수함 위에 사랑과 밝음과 배려가 그려져

가는 걸 두 딸과 함께하면서 느끼고 배워 갔습니다. 하나하나가 모두 다 감동과 감사의 순간들이지요.

이 글을 쓰는 지금, 두 딸이 어느덧 각각 15세, 10세가 되었습니다. 저는 아직도 두 딸이 "아빠!" 하고 부르면 여러 가지 감정이 교차합니다. 내가 두 딸의 아빠가 된 것이 감격스럽기도 하고, 내가 아빠로서 자격이 있는 건가, 잘하고 있는 건가 저 자신을 돌아보게도 됩니다. 저는 부족함이 많은 아빠였으며, 여전히 부족합니다. 그러나 두 아이와 함께하면서 저는 매일 조금씩 자라기를 원합니다.

아이들이 빨리 크는 것이 정말 많이 아쉽습니다. 그러나 아이들이 크는 동안 내가 옆에서 그들과 함께 인생을 배우고, 사랑을 나누고, 기쁨을 함께하며, 성취를 해 나간다면 그것은 제 인생 가장 소중한 순간, 가장 소중한 배움이 될 것입니다.

그래서 아이들은 희망입니다. 성인이 된 사람들에게도 어린아이 시절이 있었죠. 타임머신을 타고 그 시절로 돌아간다면 어린 나에게 무슨 말을 해 주고 싶을까요?

"강하고 담대하게 살라"고 말해 주고 싶습니다. "웃음과 희망과 여유와 배려로 크게 크게 살라"고 말해 주고 싶습니다. 한마디로 한다면 "계속해서 빛처럼 밝고 별처럼 반짝이는 어린아이처럼 살라"고 말해 주고 싶습니다.

커서 이런 어른이 되어 어른들에게서 밝음과 반짝임을 이끌어 내고, 어린아이들에게는 그들이 이미 지니고 있는 밝음과 반짝임을 지키고 키우도록요. 이 책을 통해 어른들이 이 같은 '아이의 빛'을 품게 되기를 바랍니다.

이 책은 총 2부로 구성되어 있습니다.

1부 "아이에게 배우고"는 말 그대로 아이라는 존재를 통해 어른이 배우게 되는 것들을 전합니다. 2부 "아이와 함께하며"는 아이들과 함께 시간을 보내며 느낀 소중한 것들을 나눕니다.

중간중간 책의 내용과 어울리는 아빠와 딸들의 시를 넣었습니다. 특히나 아이의 순수함으로 인해 동시가 주는 특별한 마음이 있지요. 느껴 보시기 바랍니다.

두 딸과 함께한 시간, 함께한 놀이, 함께한 대화가 이 책을 탄생시켰습니다. 사랑을 나누어 준 두 딸에게 감사합니다. 두 딸이 가족을 생각하며 쓴 시를 이 책에 수록할 수 있어서 또한 고맙습니다. 딸들과 책을 함께 내는 것이 버킷리스트에 있었는데,

그걸 이 책을 통해 이루게 되어 뛸 듯이 기쁩니다.

　이 책 속 대부분의 글에는 사랑의 순간, 행복했던 순간, 감동했던 순간이 스며들어 있습니다. 그러나 이것이 삶 전부를 말해 주지는 않습니다. 부족하고 연약한 인간이기에 불안해했으며 감정 조절을 잘 하지 못했으며 생활을 바르게 잘 하지 못했고, 관계에 서툴렀습니다. 저의 이 부족함과 연약함이 가족에게 끼친 영향에 대해 정말로 미안하게 생각합니다. 미안하기 때문에 고칠 것입니다. 그처럼 개선하는 인생을 살아갈 것입니다.

　누구나 인생에는 각양의 순간들이 있지요. 좋았던 순간도 있지만, 안 좋았던 순간도 있습니다. 순간의 길이와 모양은 저마다 다를 테지요. 우리는 좋은 순간을 많이 만들어 내기 위해 삽니다. 부족했다면 그 부족함을 서로 채우면서 살아가지요. 그것이 가족이고 이웃일 것입니다. 이 책이 그렇게 진정으로 서로 사랑하며 살아가고자 애쓰는 가족과 이웃들 사이에서 미소와 희망이 되기를 바랍니다.

어린아이를 연구하면
인간에 대해 알 수 있다.

제시 토레이

☀ 1부

아이에게 배우고

1장

아이의 언어에서 배우다

아이의 언어 1 – "좋아!"

아이와 대화하다 보면 깜짝깜짝 놀랍니다. 때 묻지 않은 순수함에요. 자연스레 나오는 애정에요.

"아빠 좋아, 엄마 좋아, 언니 좋아, 혜리 좋아, 우리 가족. 가족 좋아!"(꼭 저 순서는 아닙니다. *^^*)

둘째 딸 혜리에게 이 말을 종종 듣는데 사랑이 넘치는 애교와 몸짓과 표정에 절로 뿌듯하고 행복해집니다.

생각해 봅니다.
'내가 이 아이처럼 사랑을 말한다면 참 좋겠구나.'

아이가 된다는 것은 '아이의 언어를 말하는 것'이 아닐까요. 말은 마음에서 나오니까요. 아이의 마음을, 아이의 말을 귀담아 들음으로 아이를 닮아 가기를 소망합니다.
아이와 함께 삶을 느끼고 배우며 아이의 언어로 말하게 되길.

아이의 언어 2 - "고마워" 한 마디

오늘 아침 출근하러 집을 나서는데 생애를 통틀어 손에 꼽을 만한 '거한' 인사를 받았습니다. 포옹과 뽀뽀와 머리 위 큰 손 하트와 다정한 인사말의 반복과 귀여운 눈짓으로 표하는 아쉬움과 설레는 저녁의 긴 데이트 약속까지.

그래서 자녀는 힘이 되는, 화살통의 화살인가 봅니다. 어쩌면 저리도 좋아하는 마음, 보고 싶은 마음을 아낌없이 표현하는지.
아침에 침대에서는 엄마, 아빠에게 사랑한다는 말을 듣고 "고마워" 세상을 얻은 듯 웃으며 화답하더니 한 번은 엄마에게, 한 번은 아빠에게 안겼다가 작은 손으로 둘 다를 안으면서 세상 행복해합니다.

부모가 자식에게 주는 사랑이 그저 당연한 것이지 생각했는데, 이 아이는 크게 감사하고 또 행복해하니 그 감사와 행복을 배워야겠다는 생각이 들었습니다.

이렇게 닮고 싶은 아이에게서 오늘은 "고마워"라는 너와 나의 행복의 한 마디를 배웁니다.

　주는 행복, 받는 행복을 서로가 느끼게 해 주는 "고마워"라는 말이 참 소중하다는 '당연한' 사실을 새삼 깨닫습니다.

아이의 언어 3 - "친구와 생각하는 시간이…"

초등학교 2학년(글 쓸 당시)인 첫째 딸의 국어 시험지를 보고 놀라고, 배웠습니다.

문제) 차례대로 말해야 하는 이유를 쓰세요.

첫째 딸이 적은 답은 이거였습니다.

답) 차례대로 말하지 않으면 친구와 생각하는 시간이 달라지기 때문입니다.

우리가 대화하다 보면 내가 듣고 싶은 말을 미리 생각해 두었다가 상대방이 그렇게 말해 주기를 바라면서 대화를 유도해 가곤 합니다. 혹은 상대가 말할 때는 내가 말할 것을 생각합니다. 더 심하게는 아예 상대에게 말할 시간과 여지를 주지 않기도 합니다.

"친구와 생각하는 시간이 달라진다"는 아이의 표현이 제게는 위와 같은 의미로 다가왔습니다. 그리고 반성하게 되었습니다.

'그렇지. 대화에는 차례가 필요하지. 그 단순한 원리를 무시하며 살아왔구나.'

대화의 차례를 무시해서 생긴 것이 일방적인 대화일 것입니다. 일방적인 대화의 배경에는 상대방에 대한 무관심과 불친절, 그리고 강한 자의식이 자리 잡고 있을 것입니다.

어린아이는 순수하기 때문에 어른보다 훨씬 더 간단하게 본질을 꿰뚫을 수 있다는 것을 또 한번 발견하면서 '정말로 어린아이가 되어야겠다' 또다시 생각해 보게 되었습니다.

참으로 그렇습니다. 같은 시간을 살지만 다른 생각을 한다면 친구라고 할 수 없겠지요.

아이의 언어 4 –
"기뻐하게 해 주셔서 감사합니다."

아이는 순수합니다. 있는 그대로 보고, 느끼고, 말합니다. 즉, 왜곡해서 보지 않고, 받은 그대로 받아들이며, 느낀 바대로 말을 합니다. 아이의 언어를 탐구해 보고자 한 이유입니다.

첫째 딸이 쓴 말.

"기뻐하게 해 주셔서 감사합니다."

이 글을 보고 생의 기쁨에 관해 잘 생각지 않았던 저 자신을 돌아보게 되었습니다. 내가 기뻐하면 기쁜 거라고 교만하게 생각했던 것, 헛된 것이 기쁜 거라 착각했던 것….

교만과 탐욕이 이렇게 무섭습니다. 기쁨이란 무엇인지에 대해 그릇되게 인식하게 하기 때문입니다.

물론 교만과 탐욕이 빚어낸 가짜 기쁨은 오래가지 않아 시들해지면서 그 정체를 드러내게 마련입니다. 그렇게 가짜 기쁨은 결국 우울을 만들어 내고 맙니다.

아이는 진리를 말합니다.
"기뻐하게 해 주셔서 감사합니다."

있는 그대로를 보고 느끼고 말할 때 그 '정직(正直: 거짓이나 허식이 없이 마음이 바르고 곧음)의 기쁨'을 인하여 감사의 마음을 갖게 되는 거군요.

아이의 언어 5 - 오직 사랑으로 받는다면

엄마한테 혼날 때 둘째 딸(이 글을 쓸 당시 4세)의 반응이 재밌습니다. "엄마가 좋아"라고, 그 상황에서 다소 뜬금없을 수도 있는 말을 혼날 때마다 매번 하는 겁니다. 큰소리를 내며 울 때도 "엄마 좋아"만을 외칩니다.

그러고 보니까 첫째 딸(이 글을 쓸 당시 9세)도 유아 때부터 아무리 엄마가 혼을 내도 엄마 곁에 꼭 붙어서 엄마만 졸졸 따라다닙니다. 혼을 내는 순간에도 숨길 수 없는 엄마의 사랑을 잘 알고 있기 때문이겠지요.

이처럼 아이는 어른과 크게 다릅니다. 어른은 자기에게 뭐라 하는 사람에게 거부감을 보이는데 아이는 오히려 사랑으로 받아침으로 결국 사랑을 이끌어 내니까요.

그렇게 아이는 사랑받을 줄도 알고, 사랑할 줄도 압니다.
우리가 이처럼 사랑을 아는 어린아이처럼 무슨 상황에서건 오직 사랑으로 받는다면 우리 사이에는 놀라운 변화가 일어나지 않을까요?

아이의 언어 6
– 아낌 없이, 빠짐없이 사랑을 표현한다면

둘째 딸이 말하는 걸 보면, 표현하는 데 정말로 '아낌'이 없습니다. 특히 '사랑 고백'을 자주 하는데, "엄마가 너~무 좋아"라면서 '너~무'에 힘을 너~무 주면서 말합니다. 이렇게 아낌 없이 마음을 표현하는 데다 그 표현의 대상에도 '빠짐'이 없습니다.

"엄마 좋아, 아빠 좋아, 언니 좋아, 가족 좋아."

어린이집 같은 반 친구들도 한 명 한 명 이름을 불러 주며 "좋다"고 말합니다.

며칠 전에는 할머니를 만나서 "보고 싶었어요"라며 품에 안기는데 할머니가 너~무 행복해하셨습니다.

최근에는 갑자기 비가 온 날이 있는데 엄마가 어린이집에 우산을 들고 갔더니 네 살 아이가 "엄마, 우산 갖다줘서 고마워요" 해서 엄마를 감동으로 놀라게 했지요.

네 살 어린아이도 이처럼 아끼지 않고, 빠뜨리지 않고 애정과 감사를 표하는데 나이가 들수록 표현에 어색하고 인색하니 '우리가 행해야 할 삶의 전부라 할 수 있는 사랑 표현'에 대해 도무지 지혜롭지도 여유롭지도 못하다 할 수밖에 없을 것입니다.

그런데 둘째 딸의 그 잦은 사랑 고백을 아무리 듣고 또 들어도, 들을 때마다 감동이 됩니다. 아이가 사랑 고백을 하면 할수록, 그 아이가 더욱더 사랑스럽습니다. 이렇게 사랑을 줄 줄도, 받을 줄도 아는 어린아이가 되어야겠습니다.

아낌 없이, 빠짐없이 사랑을 표현하는 만큼 이 세상에 '사랑의 능력'이 아름답게 펼쳐질 테니까요.

모든 미더 중 아낌없이 주는 마음이 가장 소중한 것이다.

– 아리스토텔레스

저는 아직 턱없이 부족하지만 가족에게 '아낌없이 주는 나무'가 되고 싶다는 생각을 합니다. 나의 성품과 나의 성취로 인한 각종 열매가 이 나무에 열려서 육체적, 정신적 배고픔도 해결해 주고, 슬프고 외로울 때는 위로와 동행이 되는 쉼터가 되어 주고 싶습니다.

만약 남편과 아내 간에, 그리고 부모가 자녀에게 '아낌없이 주는 마음'으로 사랑을 나눈다면 우리 가정, 나아가 우리 사회는 달라져 있을 것입니다.

마음을 주려면 우선 내 마음이 커야 합니다. 매일 조금씩 마음이 자라도록 빛이 되는 지혜와 여유를 나의 것으로 소유해 나가야겠습니다.

가운

루카스 제이

사랑은 표현을 해야 하지요.
눈빛에 사랑을 담을 수 있고
손에 사랑을 담을 수 있죠.

아이를 바라보는 저의 눈빛과
아이의 작은 손을 잡은 제 손에는
사랑을 실어 주리라 생각합니다.
그러면 벌써 그렇게 됩니다.

아침에 일종의 루틴이 생겼습니다.
겨울이 되다 보니까 생긴 거예요.
일어나 활동하는 아이에게
가운을 덮어 주는 겁니다.

그러면 그 가운을 입고
아침 식사를 합니다.
당연, 가운에도 사랑을
담을 수 있겠죠?

사랑은 온기일 겁니다.
사랑은 따뜻한 것이죠.

눈빛이든 손이든 가운이든
내가 사랑하는 이를
따뜻하게 해 주어야겠습니다.

차가워지지 말자. 따뜻하자.

아이의 언어 7 – "사람도 말을 안 하면"

어제 오랜만에 둘째 딸과 식탁에서 둘이 마주 앉아 오붓하게 눈을 마주 보며 대화를 나누었습니다. 이 얘기 저 얘기 하다가 화제가 동물에 대한 것으로 모아졌는데, 나비가 왜 그렇게 생겼는지, 나비는 왜 말을 안 하는지 묻습니다.

다섯 살(이 글을 쓸 당시) 둘째 딸은 지금보다 어려서부터 특히 다른 동물들이 말을 하는지 궁금해서 제게 동물의 종류를 바꿔 가며 여러 차례 물어봤는데, 그때마다 저는 "동물 중에서 사람만 말을 해"라고 굉장히 여지없게 답을 해 주었습니다.

아이는 나비가 말도 하지 않은 채로 날아다니는 것이 신기한가 봅니다. 얘기하는 걸 들어 보니 또 한편으로 나비의 그 잠잠하고 부드러운 비행이 아름다워 보였나 봅니다. 그러면서 이렇게 말하는데, 지레 뜨끔했습니다.

"사람도 말을 안 하면 조용하잖아."

당황하여 아이에게 답했습니다.

"그렇지, 사람도 말을 하지 않으면 조용하지."

참으로 말 많은 시대에 살고 있는 한 사람으로서, 그리고 말 많은 한 사람으로서 뜨끔할 수밖에요.

특히 요새는 서로 생각과 의견이 다르다며 여러 모양으로 편을 가르며 서로 혐오하는 표현이 수시로 오가지요. 인터넷과 SNS는 이 혐오스러운 혐오 표현을 빨리, 넓게 퍼뜨립니다. 인터넷은 익명성 때문에 말(손가락)이 이성을 앞섭니다. '혐오'는 시기, 질투, 비판, 비난을 넘어 존재에 대한 극단적 배제, 소외를 일으킵니다. 그만큼 심대한 악영향을 미치죠.

세상이 다방면에서 극단화되고 있는데, 우리가 말(言)의 자리를 잃어버리면 생(生)의 자리가 사라집니다. 말에는 생명을 품을 수 있는 능력이 있기 때문이지요.

지금 우리 사회에, 혀에 찔리는 사람들이 엄청나게 많이 생기는 걸 보면 여전히 우리는 공감할 줄 모르고 소통할 줄 모르는 것 같습니다.

네가 언어에 조급한 사람을 보느냐 그보다 미련한 자에게 오히려 바랄 것이 있느니라

- 성경 잠언 29장 20절

박지원의 〈연암집〉에 보면 "사람을 사귈 때는 그 사람의 말부터 살펴라"라는 말이 있습니다. 아무하고나 아무 말이나 해선 안 되는 것이죠. 불평과 험담을 늘어놓는 사람 옆에 있으면 그 불평과 험담에 물들 수 있습니다. 세상에는 그런 유혹의 자리가 많죠.

수다 가운데서 시기와 증오가 나올 수 있기 때문에 우리는 말을 아껴야 합니다. 내가 갖는 만남, 내가 속한 모임부터 살펴야겠습니다.

결국 나 자신에게 묻게 됩니다.

'나는 나비처럼 잠잠하고 아름답게 움직일 수 있는가?'

아이의 말에 부끄러운 어른입니다.

무릇 더러운 말은 너희 입 밖에도 내지 말고 오직 덕을 세우는 데 소용되는 대로 선한 말을 하여 듣는 자들에게 은혜를 끼치게 하라

- 성경 에베소서 4장 29절

오직 내가 할 말이 덕을 세우는 선한 말인가 분별하여 입 밖에 내야겠습니다.

나비

루카스 제이

반갑네, 소식 전하러 왔나 봐
너만의 색, 너만의 무늬로
내게 전할 말 있나 봐.

2장

엉뚱한 게 아니에요

"사람이 달팽이라면?"

우리가 새로운 깨달음을 얻거나 혹은 새로운 방식이나 제품을 창조해 내려면 '다르게 보기', '낯설게 보기'가 필요합니다. 기존 방식대로 사물과 사안을 바라본다면 새로운 생각, 새로운 방식, 새로운 제품이 나오기는 힘들 테니까요.

세계를 움직인 위대한 문학가, 철학자, 과학자, 발명가들은 '다르게 보기', '낯설게 보기'의 대가입니다. 그런데 '다르게 보기', '낯설게 보기'는 그들에게만 가능한 걸까요?

아이들을 보면 궁금증이 풀립니다. 선입견과 편견이 별로 없는 아이들은 벌써 생각하는 것부터가 어른과 다릅니다.

둘째 아이가 엉뚱한(?) 질문을 던지는 걸 보면 '아, 나는 너무 정형화된 사고방식에 길들여져 있구나' 생각하게 됩니다.

둘째 아이의 호기심이요? 예를 들면 이런 식입니다.

'사람이 달팽이라면?'
'코끼리가 날 수 있다면?'

'민달팽이는 지렁이 같아.'

오늘은 색종이로 필통을 뚝딱 만들어 옵니다.

어른은 시도할 생각조차 하지 않는 상상을 아주 쉽게 합니다. 발명가들은 자연의 사물이나 자연의 현상으로부터 연상해 새로운 제품을 만들어 내곤 하는데요. 아이는 하나의 사물을 보고도 다양한 모습을 연상해서 생각합니다. 아이들의 호기심이 어른이 보기에는 별것 아닌 것 같아도 저 작은 호기심에서 출발한 시도와 연구가 결국 큰 변화를 몰고 옵니다.

'민달팽이는 지렁이 같아'라는 연상도 별것 아닌 생각 같지만 민달팽이와 지렁이의 공통점, 차이점, 유사점 또는 상호 보완점 등을 생각해 볼 수 있게 하겠죠. 이처럼 상상과 연상은 사물과 사안을 깊이 있게, 그리고 다각도로 관찰하게 합니다. 뉴턴도 만유인력의 법칙이라는 어마어마한 사실을 알아내기 전에 '사과가 왜 떨어지지?'라는 엉뚱한(?) 질문에서부터 출발했잖아요.

스마트폰으로 세상을 바꾼 스티브 잡스는 '손이 펜이 될 수 있다!'고 생각했죠. 마크 저커버그는 '전 세계 사람들을 연결할 수 있을까?'라는 상상으로부터 출발해 세계적 인맥 네트워크 페이스북을 만들어 냈고요.

여하튼 아이들을 보면 인간은 이미 상상과 연상 능력을 타고 났습니다. 안타까운 건 제도권 교육을 받으면서 이 상상과 연상 능력을 사용하지 않게 되는 것이죠. 호기심과 질문이 필요 없는 교육을 받기 때문입니다.

그런데 이렇게 단편적인 사고만을 하며 사는 사람은 일상에서도 좀체 개선과 혁신을 꾀하지 못합니다.

'다르게 보기', '낯설게 보기'는 잠재성과 가능성을 향한 시선입니다. 다른 측면은 없는가, 다른 여지는 없는가를 묻는 것입니다.

그저 실행에 열을 올리기보다는 실험정신으로 무장된 사람이 실행을 해도 탁월하게 잘하겠죠. 창의성이 발현될 일은 일상 곳곳에 있습니다. 내가 상상하고 연상하지 않을 뿐.

사람들이 많이 고민하는 '돈'에 대해, '시간'에 대해 새로운 생각을 해 본다면 어떨까요? 아, 굳은 머리가 잘 풀리지 않네요. 저는 안타까운 어른입니다. 하지만 차근차근 풀어 가면 사고가 유연해지겠죠. 이미 타고난 창의성을 계발하는 데 돈이 들지는 않겠네요. 하지만 창의성이 돈을 가져다줄 수는 있겠지요. 또한 창의성이 시간을 벌어 줄 수도 있을 겁니다.

오늘 나의 하루에서 상상하고 연상하는 창의력을 발휘했다면 더 좋았을 일들은 무엇이 있었을까 생각해 봐야겠습니다.

P.S.

사람이 달팽이라면 걸음은 엄청 느려져도 집에 빨리 도착하니 귀소 본능은 가장 빨리 발휘되겠네요. (아, 이런 식으로라도 아이에게 답해 줄 걸, 거의 매번 별달리 대꾸를 못했습니다. 이제부터는 창의력을 키워 주는 아빠가 되어야겠네요. 특히 한창 사물을 관찰하며 질문을 던지는 4세 이후에 부모가 아이와 함께 상상하고 연상하는 일을 즐겨야겠습니다.) 아, 그런데 혹시 달팽이에 관심 많은 이 아이가 나중에 차량 위에 부착하는 휴식 및 취침용 친환경 캡슐을 발명하는 건 아닐까요? 첫째 아이는 "하늘을 날아다니는 초고층 아파트를 지어 엄마, 아빠 거기서 살게 해 주겠다"고 힘주어 수차례 말하기도 했는데, 혹시 이것이 현실화되는 건 아닐까요?

"난 부자야!"

두 딸에게 며칠 전에 초콜릿 두 봉지를 사 주었습니다. 1+1 이더군요. 제가 들어 주었어요. 그런데 첫째 딸(글 쓸 당시 11세)이 자기가 들겠다는 겁니다. 품에 초콜릿 두 봉지를 껴안더니 글쎄 이러는 거 있죠?

"난 부자야!"

순간, 뭐라도 좀 더 가지고 싶어서 욕심내고 안달 내던 저의 지난 모습들이 주마등처럼 스쳐 지나갔습니다.

자녀에게는 "마음이 부자여야지 정말 부자야!"라고 말해 주지만, 돈과 물질 앞에서는 욕심쟁이가 되어 버리는 저에게 딸아이가 초콜릿을 들고 세상 행복해하는 그 모습은 다소 충격적이기까지 했습니다.

우리는 점점 더 소박한 것에 행복해하지 않습니다. 저 역시 마찬가지고요. 적은 것보다 많은 것이 좋고, 작은 것보다 큰 것이 좋습니다. 하지만 어린이의 눈과 맘은 다릅니다. 어린아이는 작은 것에서 행복을 느낄 줄 알고, 작은 것으로도 즐거워합니다.

여러 가지 생각이 교차하던 저는 아이의 모습을 보고 깨달은 바대로 딸아이에게 대답을 해 주었습니다.

"그래! 사랑하는 딸, 부자네! 마음이 부자면 부자인 거야!"

마음이 부자여야 정말 부자라는 걸 딸아이가 제게 직접 보여 주네요. 사람에게는 늘 욕심이 화근이니 마음을 키우고 욕심은 줄여야겠습니다.

"세상에 나쁜 말이 없다면"

둘째 딸이 묻습니다.
"세상에 나쁜 말이 없다면 어떨까?"

첫째 딸이 답합니다.
"그럼 나쁜 사람이 없겠다."

우리가 내 머릿속에 말이 생성되는 것, 즉 생각까지 말로 쳐 봅시다. 만약 내 생각에까지 나쁜 말이 없다면 마음 자체가 나쁜 마음을 먹지 않는 것이겠지요.

좋은 말과 나쁜 말은 무어라 구분할 수 있을까요? 좋은 말은 사랑의 말, 나쁜 말은 사랑이 아닌 말일 것입니다. 사랑의 말은 긍정적이고, 따뜻하고, 포용하고, 도전하고, 강하고, 담대하고, 평안하고, 평화롭고, 선한 영향력이 있지요.
나 자신에게, 이웃에게 '사랑의 말'을 해야겠습니다.

"매일 요일이 달라진다면"

발상을 새롭게 하는 것만으로도 인생이 바뀔 수 있으니 이것이 기적이고 축복입니다.

첫째 딸(이 글을 쓸 당시 13세)이 학교생활을 한 지도 어언 6년인데, 그 반복적인 삶에 대해 이런 말을 하더군요.

"매일 요일이 달라진다면 어떨까? 아침에 일어나면 랜덤으로 그 날의 요일이 정해지면?"

월요병이 있는 현대사회에서 재밌는 발상이죠. 저는 이것을 '매 요일을 나 자신이 다르게 받아들일 수도 있겠구나'라는 생각으로 받게 되었습니다.

마음먹기 나름이라는 말은 결코 틀린 말이 아님을 살면서 늘 느낍니다.
오늘은 축복의 선물입니다.

잘못 큰 어른의 잘못이

첫째 딸(이 글을 쓸 당시 13세)을 학원에서 픽업해 오려고 운전을 하고 가는데, 초등학교 1, 2학년쯤 되어 보이는 한 남자아이가 찻길을 건너다 멈추어서 땅바닥을 두리번거리길래 '가방에서 뭐가 떨어져서 찾아야 되나 보다' 하고 찾는 걸 도와줄까 싶어 차를 멈추고 창문을 내려 "뭐 잃어버렸어?" 물어보니 "담뱃불을 꺼야 해서요"라며 담뱃불을 끄고 가겠다면서 제 차가 지나가기를 기다리고 있었습니다.

아이의 표정을 보니 순수함과 의무감이 교차되고 있었습니다. 어른이 생각 없이 버린 담배꽁초를 발견하고 불조심에 대한 교육을 받은 대로 저렇게 하는 것일 텐데, 이건 결국 어른이 아이에게 짐을 지우는 격이고 아이가 세상을 위하는 격이니 성인 된 입장에서 부끄러움을 느꼈습니다.

이와 같이 어른이 '막' 한 걸 아이가 '잘' 하는 것을 우리는 아주 자주 목격하게 됩니다. 잘못 큰 어른의 잘못이 잘 커야 할 어린이에게 그릇된 사례가 되어 따라 하게 된다거나, 오늘 제가 겪었던 경우처럼 어른의 잘못이 아이에게 부담이 되지 않기를 간절히 바라게 됩니다.

　나 역시 오늘 그 아이의 표정과 말을 잊지 말고 일단 어른이 되고 그다음 좋은 어른이 되어야겠습니다.
　어린이를 생각하며 생각과 말과 행동을 하기!

"잊어버려!"

일곱 살(글 쓸 당시) 둘째 딸아이가 가끔 하는 말이 있습니다.

"잊어버려!"

본인이 뭔가 신경 쓰고 있었는데 그럴 필요 없다고 생각이 되면 "잊어버리자!" 하고, 제가 뭔가 불필요해 보이게 신경 쓰고 있으면 "잊어버려!" 합니다.

둘째 딸의 이 말을 들으면 저는 "아, 그렇지! 잊어버리자!" 말합니다.

우리가 잊어버리지 않아서 문제가 되는 경우가 많죠. 계속 지니고 있는 불안이나 계속하고 있는 걱정 같은 것입니다. 사람과 상황에 대한 불평불만 같은 것도 마찬가지일 겁니다. 나의 불안했던 지난 과거, 방황했던 지난 과거, 쓸데없는 걱정과 부정적인 생각, 이웃에 대한 경계….

일곱 살 어린아이가 겉으로는 어른이라고 하는 저보다 자기 마음 다스릴 줄을 압니다.

기억하는 것과 잊어버리는 것은 반대일까요?

기억한다 해도 더 이상 그 과거를 문제시하여 끙끙 앓지 않는 다면 기억은 하되 마음으로는 잊어버렸다고 말할 수 있을 것입니다. 과거의 나와 멋진 작별을 하는 것이죠. 기억이 추억이 되는 순간입니다. 과거는 반성을 마쳤으면 잊어버리면 그만입니다.

이제 나를 괴롭히는 과거의 일이 무엇이었든, 과거에 내가 어떠했든 개의치 맙시다. 과거는 더 이상 내 마음을 차지하지 않음을 선언해야 합니다.

"잊어버려!"
스스로에게 던지는 이 한 마디로요.

아이들은 마음속에
"잘못될 수도 있는 모든 것들"이라고
부를 것이 없어서 행복하다.

메리앤 윌리엄슨

3장

어린아이 됩시다

서로 위로

어젯밤에 취침 시간 즈음해서 첫째 딸(글 쓸 당시 11세)이 마침 감기로 열이 올라 제가 첫째 딸을 포함해 다른 가족들을 위한 기도를 했습니다. 한데 그러고 나서 둘째 딸(글 쓸 당시 6세)이 아픈 언니를 위한다고 '언니의 좋은 점만 말해 주기'를 하자고 해요. 그러면서 자기가 먼저 운을 뗍니다.

"나는 언니가 학교 갔다 와서 나한테 젤리를 줘서 좋아."

"언니만큼 좋은 언니는 없어."

그다음에는 제가 나섰습니다.

"혜민이는 성실해서 좋아."

그런데 둘째 딸의 그다음 대사가 마음에 와 닿았습니다.

"언니가 힘들면 내가 위로해 주고, 내가 힘들면 언니가 위로해 주고, 엄마가 힘들면 내가 위로해 주고, 아빠가 힘들면 내가 위로해 주고…."

제 아내가 감탄을 합니다. 이거 글로 써야겠다면서.

저 역시 감동했습니다. 이게 바로 '가족의 정의'가 되겠구나 하면서요.

가족이란 서로서로 위로해 주며 힘을 얻고 그렇게 함께 힘을 내어 살아가는 소중한 공동체죠. 하나님께서 제일로 만들어 주시고 제일로 여겨 주시고 제일로 세워 주신 공동체가 바로 가족입니다. 모든 것이 가정에서 출발합니다.

그리고 가정은 최후의 보루이기도 합니다. 이 소중한 가족들이 서로서로 해줄 수 있는 가장 좋은 것이 바로 위로죠. 위로는 이해해 주고 격려해 주는 것까지 다 포함하잖아요.

첫째 딸은 어젯밤에 몸이 힘든 와중에도 분명 위로가 되었을 겁니다. 가족들이 모두 다 응원을 해 주는 것을 느꼈을 테니까요.

'가족이란 무엇인가?'

나에게도 이 실문을 던져 봅니다. 그리고 내가 과연 둘째 딸만한 생각과 행동을 하고, 둘째 딸처럼 가족에 대해 정의를 내릴 만큼 가족들을 잘 대하고 있는지 반성해 보게 됩니다. 가족들에게 잘해야겠습니다. 가족이 곧 힘이므로.

자녀와 함께해 보면 자녀는 부모가 주고받는 대화에 가장 영향을 많이 받는다는 것을 느낍니다. 그래서 가정에서는 특히 부부간에 서로 '평가의 말' 대신 '위로의 말'을 해야겠습니다. 살아 보면 '말습관'이 제일 중요하더라고요. 위로의 말도 결국 습관입니다. 꾸준히 하다 보면 더 잘하게 되는. 물론 저는 이 좋은 말습관이 많이 부족합니다.

사실 부부의 대화가 자녀에게 끼치는 영향을 보노라면 '부부란 서로 좋은 말을 하는 것을 인생에서 가장 중차대하고 소중하며 결정적인 일로 여겨야 하는 사이'라는 생각이 듭니다. 부부 사이에 따뜻한 분위기가 형성될 때 아이들은 그 따뜻함을 삶의 원동력으로 삼으니까요. 물론 부부간에 서로 좋은 말을 해줄 때는 당연히 서로를 진심으로 위해 주기 때문에 하는 것이죠. 그 진심이 자연히 자녀에게도 전달되어 행복한 가정의 분위기가 형성되는 것이고요.

그런데 부부끼리 항상 좋은 말만 하기가 쉽지가 않죠. 부부는 평생을 함께하는 사이니까 의견이 다르거나 기분을 서로 안 맞추거나 못 맞추거나 할 때가 있잖아요. 어느 부부나 마찬가지일 겁니다.

마트에 장을 보러 갔는데 냄비 받침에 크게 '♥ KEEP CALM AND BE IN LOVE'라고 쓰여 있길래 사 와서 제 책상 모니터 앞쪽에 놔두었습니다. 아내에게 안 좋은 말을 하려고 할 때마다 이 말을 생각하면 좋겠습니다.

위에서 말한 것처럼 '좋은 말은 서로에게 아낌없이 하고, 안 좋은 말은 하지 않고 사랑 안에서 잠시 침묵의 시간을 가지는 부모' 아래서 자란 자녀는 자신이 가정을 꾸려서 부모님이 그처럼 주고받은 위로의 본보기를 유산 삼아 행복한 가정생활을 해나가겠지요. 대화와 관계의 지혜도 자연스럽게 터득하게 될 것입니다.

그리고 이 자녀들이 그다음 세대에게 또 그 위로의 유산을 남겨 줄 것입니다. 대화와 관계의 지혜도 유산으로 전해 주겠지요. 이것이야말로 우리가 가정을 통해 이 땅에 남길 위대한 사랑의 유산일 것입니다.

그 위대한 일이 사소한 한마디 말에서 비롯된다는 것을 생각하며 가정에서 가족 간에 서로 따뜻한 위로의 말을 주고받아야겠습니다.

밤하늘

정혜리

밤하늘을 보면
둥글둥글 달이 보이네

밤하늘을 보면
반짝반짝 별이 보이네

밤하늘에 별은
마치 우리 가족 같다.

편한 사람

일곱 살(이 글을 쓸 당시) 둘째 딸 혜리가 제게 말을 잘 겁니다. 예를 들면 혜리는 그림 그리는 걸 좋아하는데 제게 자기가 그린 것을 보여 주고 저의 느낌을 듣고 싶어 합니다.

 말을 걸어 준다는 것은 마음을 내어 준다는 것이니 저는 자녀들이 말을 걸어 주면 고맙고 기쁩니다.

 피곤할 때는 잘 못 들어 줄 때도 있는데 평소에 마음을 잘 써 주고 또 평소에 휴식을 잘 취하여 자녀의 말을 마음으로 들어 주어야겠습니다.

 이런저런 장난을 치면 저도 놀라거나 놀랍다는 반응을 해 주려고 하는데 혜리가 문득 이렇게 말하는 거예요.
 "나한테 편하게 얘기해!"
 제가 혜리가 원하는 대답을 해 주려고 고민하는 걸 알아챘나 봅니다.

그러면서 이렇게 얘기하는 거예요.

"나는 아빠가 편해!"

아, 감동이 되는 거 있죠. 저는 '편한 사람'이 되고 싶었거든요. 저의 경우 만나면 좋았던 사람이 '편한 사람'이듯이요.

제게 편한 사람이 되고 싶어 하는 둘째 딸의 그 마음이 기특하고 귀엽고 예뻐 보였습니다.

부모도 자녀에게 편한 부모가 가장 좋은 부모 아닐까요. 편하게 자기가 하고 싶은 말을 할 수 있는 부모.

저의 가족이 저를 편하게 여기도록 평안한 마음, 열린 마음을 가진 사람이 되어야겠습니다.

판단을 멈추면

루카스 제이

판단을 멈추면
자유 그리고
여유

할 수 있다, 즐길 수 있다

어제 둘째 딸(글 쓸 당시 8세)이 자전거 타기에 도전하여 성공했습니다. 옆에서 가르쳐 주고 응원해 준 엄마의 공이 큽니다. 아이는 엄마와 자전거를 타는 연습을 할 때에 안정감을 느끼더군요. 자신에게 힘이 되는 엄마의 마음을 알기 때문이겠죠.

앞으로 쭉 나아가는 모습을 보는데 뿌듯하더군요. 한 시간 정도 타서 성공한 것이니 그 한 시간 동안 시도를 수백 번은 했을 겁니다. 페달에 발을 올렸다가 다시 발을 내렸다가, 핸들을 이리로 했다가 저리로 했다가, 그러다가 중심을 잃고 다시 중심을 잡고….

아이에게는 삶이 시도와 도전의 연속이죠. 계속 새로운 걸 하는 시기니까요. 그런데 아이들에게 배울 점은, 아이들은 반복적인 것을 할 때도 그걸 새롭게 받아들이고 즐겁게 하는 경우가 많다는 것입니다. '할 수 있다', '즐길 수 있다'는 마음이 중요해 보입니다.

둘째 딸의 자전거 세계 입문을 기쁘게 축하해 주었습니다.

둘째 딸은 오늘 새로운 기분과 새로운 자세로 자전거 세계 입문 둘째 날을 즐길 것입니다. 어제 첫째 딸의 자전거에 바람을 넣어 주었으니 이제 부녀가 셋이서 신나게 자전거를 탈 수 있겠군요.

나 자신도 아이들에게서 배워 시도와 실패, 곧 시행착오(trial and error)를 언제나 새롭게, 즐겁게 해 나가야겠습니다. 그 자체가 성공임을 믿습니다.

땡큐! 아이 러브 유!

오늘 새벽에 둘째 딸이 잠에서 깨어 화장실에 가더군요. 다녀와서 제게 휴대폰 충전을 해야 한다고 말해서 해 주었습니다. 금년에 초등학교에 입학하여 폴더폰을 사 주었는데 그걸 학교에 늘 가지고 다니거든요. 둘째 딸은 그걸로 연락하는 걸 좋아합니다.

다시 자려고 눕는데 둘째 딸이 "땡큐! 아이 러브 유!" 하는데 어찌나 귀엽고 사랑스럽던지요. 저는 둘째 딸에게 "사랑해!" 말해 주고 손을 잡아 주고 이불을 덮어 주었습니다. 그러면서 감사와 사랑에 대해 생각해 보았습니다.

'감사와 사랑이 전부'라는 생각이 들었습니다. 우리는 그것만으로 인생을 충분히 살 수 있기 때문입니다.

사랑스러운 아내와 두 딸을 주신 하나님께 감사 기도를 올려 드렸습니다. 가족으로 인해 받는 행복이 어찌나 큰지요. 그들

이 있어서 어찌나 힘이 되는지요. 충만한 기쁨이 되고 삶의 이
유와 의미가 됩니다. 감사와 사랑을 표현하고 또 그것을 삶으로
살아내며 살아야겠습니다.

고구마

정혜리

호호 불어 먹는 고구마
겨울에 먹으면 더욱 맛있다

그치만 무엇보다도 함께
먹는 것 가장 맛있다

계속 먹다 보면
순식간에 없어진다

그만큼 너무 맛있다.

어린아이의 선언

꿈은 하늘처럼
마음은 해처럼
생각은 별처럼

둘째딸 어린이집 앞에 붙어 있는 표어입니다.

인간이란 참으로 이 일 저 일에 심히 갈팡질팡하는 존재라 저 표어대로 일관되게 살기가 너무나도 힘들지만, 정말로 저 표어를 가슴속에 새기고 매일을 살기를 절실히 바라게 됩니다.

사랑을 위한 원대한 꿈을 꾸고,
밝은 마음으로 매사를 보고,
반짝반짝 창의적으로 생각하며 행한다면

인생은 필히 바뀔 것입니다.
인생을 대하는 시야와 관점이 확 달라질 테니까요.

그러므로 '어린아이의 선언'과도 같은 저 표어를 상기하면서 지금 내가 꾸고 있는 꿈, 내 마음의 모습, 종일 하는 생각들을 점검하고, 새로운 다짐을 해 보아야겠습니다.

어린아이 & 어린 왕자

가라사대 진실로 너희에게 이르노니 너희가 돌이켜 어린아이들과 같이 되지 아니하면 결단코 천국에 들어가지 못하리라.

- 성경 마태복음 18장 3절

'어른'이 되어 가면 되어 갈수록 이 말씀 앞에서 더욱더 부끄러워집니다.

이 부끄러운 어른의 모습은 생텍쥐페리의 〈어린 왕자〉에 나오는 여섯 개의 별에 있는 어른들의 모습에 상징적으로 묘사되어 있습니다.

① 명령할 줄만 아는 왕은 '남 위에 올라서고 싶어 하는 어른'.
② 박수 받기만을 바라는 허영꾼은 '허영심으로 가득 찬 어른'.
③ 술 마시는 게 창피해 그걸 잊으려고 술을 마시는 술꾼은 '허무주의에 사로잡힌 어른'.
④ 우주의 5억 개 별이 모두 제 것이라면서 반복적으로 수를 세는 상인은 '물질만능주의에 빠진 어른'.

⑤ 1분에 한 번 불을 껐다가 켜는 점등인은 '기계문명에 인간성을 잃어버린 어른'.

⑥ 자기가 몸담고 있는 별조차도 탐사해 보지 못한 지리학자는 '이론만 알고 행동하지 않는 어른'.

을 상징합니다(출처: 장영희, 〈문학의 숲을 거닐다〉).

나에게서 〈어린 왕자〉에 나오는 이 여섯 가지 어른의 모습이 비칠 때 괴롭고 안타깝습니다. 사실 이 여섯 가지 어른의 모습은 제각기 다른 개개인의 특성이라기보다는 한 어른에게서 상황에 따라 나오는 모습들이겠지요.

이런 어른이 되지 않으려면 여우가 어린 왕자와 작별하면서 가르쳐 준 비밀을 이해하고 실천해야 합니다.

"제대로 보려면 마음으로 봐야 해. 가장 중요한 것은 눈에는 보이지 않거든."

지금 나는 마음으로 보고 그 마음대로 행하고 있는지 어린아이(어린 왕자)가 되기를 꿈꾸며 자신을 돌아보게 됩니다.

어린아이 됩시다

루카스 제이

어른 되지 맙시다.

눈치 보고
셈하는
어른 되지 맙시다.

어린아이 됩시다.

사랑받을 줄 알고
사랑할 줄 아는
어린아이 됩시다.

툭 치면
웃는
어린아이 됩시다.

어린 우린
행복하고
행복 줄 겁니다.

이렇게 매일
더 어려지기를
간구합니다.

어린이는 시인

시인의 매력은 무엇인가요?

사람과 사물, 인생과 세상을 바라보는 눈이 어린아이와 같습니다.
창의(創意)가 메마르지 않습니다.
새로운 생각, 새로운 시도를 합니다.

'어른 시인'은 몸은 성인이지만 마음은 아이입니다.
그래서 프랑스의 문학비평가 가스통 바슐라르(Gaston Bachelard)는 다음과 같이 말합니다.

"유년기는 살아가는 동안 계속된다. 그것은 길고 긴 성인기에 활력을 불어넣는다. 시인은 자기 안에 살아 있는 유년기를 발견하는데, 그것은 영원히 움직이지 않는 세계다."

세상 때가 묻는다고 하지요. 어른은 사람들 시선 따라, 세상

의 시류 따라 이리저리 움직이기도 하지만, 어린아이의 마음은
변함이 없습니다. 그 순수성의 회복이 필요합니다.

시

루카스 제이

매일 시가
쓰고 싶어요

이것이 시의
매력인가 봐요

할 말이 있다면
이렇게 시로 쓸래요
시에 마음을 담을래요

그래도 할 말이 더 있다면
아끼고 아껴서
맑은 물처럼
좋은 말로
나눌래요.

아이들의 현재

아이들이 놀 때 보면 그 순간에 흠뻑 빠져 놉니다. 저렇게 열중하는데 어디 딴생각할 겨를이 있을까요. 그저 그 순간을 즐기느라 바쁩니다. 그네 하나를 타도 그렇지요.

사실 어른들 누구나 그런 시절이 있었죠. 그러나 나이가 들수록 현재의 이 순간에 자꾸만 과거와 미래가 파고듭니다. 후회나 걱정 같은 것이죠.

추억을 떠올리며 미소를 짓는다거나 나중 일을 설레 한다면 그건 현재가 과거, 미래와 유쾌한 만남을 한 거라고 봐야죠. 이런 건 좋습니다.

그러나 과거의 경험들에서 오는 위축, 미래에 대한 불안이 찾아들면 현재를 즐길 수가 없게 됩니다. 많은 어른들의 현실이 사실 그렇지요. 인생이 주는 무게감, 자기 역할에 대한 부담감 같은 것은 긍정적으로 승화하면 될 테지만, 후회나 걱정에서 비롯된 이른바 '현실 도피성 삶'은 우리를 평안이나 몰입으로부터 멀어지게 하지요.

순간을 즐기는 비결은 무엇일까요?

그것은 단순히 순간에 충실한 것 아닐까요.

과거와 미래가 현재를 잠식하지 않도록 순간에 충실한 삶을 오늘 하루 살아 보아야겠습니다. 이것은 현재에 대한 책임감이 드디어 발휘되는 순간입니다.

갯벌에서 바다까지

만약 왜 고난이 축복이 되는지를 인생을 통틀어 올바로 깨닫고 체험할 수만 있다면 크게 쓰임받는 귀한 인생을 살게 될 것입니다. 그러므로 고난을 맞닥뜨리면 어리석은 머리를 쓰려 하거나, 회피하려고 하거나, 불평과 불만을 쏟아놓는 내가 되지 않기를 소망하게 됩니다.

첫째 딸(8세 때)과 갯벌 앞에 섰습니다. 딸이 말합니다.

"저기 바다까지 가요!"

빠지는 발을 꺼내 가며 착시현상으로 '아주 멀지는 않겠지' 착각했던 저 먼 바다까지 걸어가자니 버거워서 중도에 두 차례 멈추어 딸에게 나름대로 객관적(?)으로 물었습니다.

"다시 돌아갈지 말지 여기서 결정하자. 돌아갈 체력이 될지 확인해야 돼."

하지만 두 번 다 저를 무색하게 하는 딸의 답에 놀랐고, 기운도 났습니다.

"최선을 다해야지! 여기까지 왔는데!"

결국 딸 덕에 '아빠의 용기'를 조금씩 내고 또 내며 딸 손을 잡고 나아갔습니다.

희한하게도 바닷가는 가도 가도 나타날 줄을 모르는데 중간에, 갯벌인데도 제법 단단한 땅이 나옵니다. 그 굳은 땅이 지친 몸을 쉬게 해줄 안식처로 보여 신나서 소리쳤습니다.

그리고 다시 발이 빠지는 갯벌을 걷고 걸어 정말로 눈앞에 나타난 살랑이는 바닷물을 마주하는데, 절로 기쁨의 탄성을 지르게 되었습니다.

보통 바닷가에 놀러 가면 조금만 걸어가도 발을 담글 수 있는데 넓게 펼쳐진 갯벌을 지나서 그처럼 힘들게 바닷물을 느끼면서 '인생이란 이렇게 갯벌에서 바다까지 가는 과정이 아닌가' 생각해 보게 되었습니다.

어쩔 땐 걷다가 발이 푹푹 빠지고, 어쩔 땐 굳어진 땅을 쉽게 걷기도 하고, 그렇게 포기하지 않고 행군을 연속함으로써 성취하는 인생의 기쁨. 묘하게도 갯벌은 내가 진 무게(나의 육신과 나의 짐)만큼 걷기가 힘듭니다.

그러나 바다는 변함없이 존재합니다.

나를 기다리는 그 바다까지 가는 게 쉽게 느껴지는가, 어렵게 느껴지는가는 오로지 내 마음에 달려 있습니다.

제게는 바다가 멀어 보였고, 딸에게는 그 바다가 멀든 가깝든 그건 별로 상관이 없어 보였습니다. 그것이 마음의 차이겠지요.
우리가 갯벌에서 바다까지 향하는 삶의 여정을 걸어갈 때에 기쁨과 감사의 발걸음을 걷게 되기를 소망합니다.

이층버스

이층버스

루카스 제이

출퇴근용으로 타던 이층버스는
왕복과 반복에서 오는 고됨과
집에 가고픈 그리움으로
버거운 곳이기도 했는데

가족과 함께 타는 이층버스는
뻥 뚫린 이층 맨 앞자리 창문으로
설레 하고 또 재밌게 바깥을 보는
두 딸의 반짝이는 눈빛에서
행복과 감사의 장소로 바뀌었구나.

가족의 힘, 자녀의 힘이 이와 같습니다. 어느 자리에서든 힘듦과
외로움이 눈 녹듯 사라지고 내게는 행복과 감사만이 남습니다.
그들의 존재, 그들의 눈빛이 저를 그렇게 만듭니다.

너

루카스 제이

내가 살아갈 수 있는 이유
내가 사랑할 수 있는 이유
내가 살아가는 이유

4장

웃어 주고 안아 주고 토닥여 주고

웃음의 능력

가족과 자주 가는 쇼핑몰에 있는 아이 옷 전문 매장 한쪽 벽에 이런 말이 쓰여 있어 볼 때마다 마음에 깊이 새기게 됩니다.

엄마가 웃으면 아이는 행복합니다.
아이가 웃으면 엄마는 더 행복합니다.

어른이 아이를 웃게 해 주고, 아이가 또 어른을 웃게 해 주고…. 이 선순환이 이루어진다면 가정과 사회에 기적적인 변화가 찾아올 것입니다. 가정에서 아이에게 미소를 지어 주는 것만으로도 이런 기적이 성취된다는 것입니다. 힘들 때, 짜증이 나려 할 때, 화를 내려고 할 때도 웃음이 사랑이 되어 이 모든 것을 덮어 주니 웃음은 참으로 대단한 것입니다.

둘째 딸(이 글을 쓸 당시 8세)이 갓난아기 때부터 엄마와 아빠에게 아주 크게 효도를 했는데요. 신생아 때부터 잘 웃어서 간호사 분들이 신생아실에서 부모에게 아이를 줄 때 너무 잘 웃는다며 한 번 안아 주고 나서 부모 품에 안겨 주기도 했고, 유아 때 아침에 일어나자마자 방긋 웃고 평소에도 자주 많이 웃어서 '스마일 베이비', '스마일 프린세스'라고 애칭을 붙여 주었습니다.

이 귀엽고 사랑스러운 스마일 프린세스는 특히 입에 웃음을 머금고 다닙니다. '웃음 섞인 말'을 하는 것이지요. 말을 할 때 정말 많이 이렇게 웃음 섞인 말을 합니다. 그 웃음 섞인 말을 들으면 정말로 기분이 좋아집니다. 아이가 웃음 섞인 말을 하고 있으면 "또 입에 웃음을 머금고 있네" 하고 아내에게 말하며 기분 좋게 웃게 됩니다. 아이의 이런 웃음은 비타민과 같은 에너지가 됩니다. 참으로 감사한 일이죠.

아이의 웃음이 세상에서 가장 기분 좋은 것이라고도 말하는데, 아이의 웃음은 실로 굉장한 영향력이 있습니다. 대학생 때 광고 수업에서 들었던 듯한데, 사람들에게 아이가 웃고 있는 사진을 보여 주면 기분이 좋아진다는 실험도 있었던 것 같습니다. 이는 광고에 어린아이를 등장시키는 한 이유가 되지요.

그러니 만약 어른이 아이를 웃게 한다면 그 어른은 참 좋은 어른이겠죠. 사회에 봉사하고 있는 겁니다. 웃음을 퍼뜨려서 행복을 전파하는 유쾌한 자원봉사이지요. 이러한 자원봉사가 그 누구보다 자기 자신에게 좋은 것은 말할 필요도 없겠지요.

그런데 우리는 나이가 들면서 웃음을 잃습니다. 바쁘고 지친 현대인은 더욱 그렇죠. 물론 제일 크게는 어른이 되면서 계산이 많아지고 걱정이 불어나기 때문이지요.

한 심리학 연구 결과에 의하면 취학 전 아이들이 하루에 웃는 횟수가 평균 400회라고 하는데요. (아이들이 학교에 들어가고 나서 웃음이 적어지는 것에 대해서는 정말로 세상을 잘못 운영해 가고 있는 우리 어른들이 반성 또 반성해야 합니다. 이와 관련해서는 국가적으로도 개인적으로도, 공교육 측면이든 사교육 측면이든 정말 심각한 문제입니다. 특히 전 세계적으로도 유달리 한국 학생들은 웃기는커녕 한창 웃고 즐길 나이에 도리어 학원, 학업 스트레스에 시달리죠.)

성인은 어떨까요? 취학 전 아이들에 비해 턱없이 낮습니다. 웃는 횟수가 하루 평균 13.3회입니다. 아이들의 30분의 1만큼밖에 웃지 못할 만큼 건조하게 하루를 보내는 것이죠. 취학 전 아이들은 자유롭고 창의적으로 시간을 보낼 수 있는 일이 많은 편이라 더 웃기도 할 것입니다. (각박한 사회의 한 구성원으로서 슬퍼지네요. 그러나 이런 슬픔을 극복케 하는 것도 웃음이겠죠.)

미국의 희극 배우 봅 호프(Bob Hope)는 '웃음의 능력'에 대해 다음과 같이 말합니다.

"시련의 순간마다 웃음의 능력을 보았다. 웃음은 막막한 절망과

견딜 수 없는 슬픔을 극복할 수 있게 하는 단 하나의 힘이었다."

'절망과 슬픔을 극복할 수 있게 하는 단 하나의 힘.' 정말 그렇죠. 사람 사이에 다툼이 생기려고 하거나 결국 다툼이 발생했을 때에도 유머와 포용을 위한 웃음이 관계에서의 어색함이나 어려움, 앙금 같은 걸 날려 버릴 수 있습니다. 웃음은 곧 사랑이기 때문이지요. 나에게, 가족에게, 이웃에게, 즉 모두에게 축복이 되는 '웃음의 삶'을 살아야겠습니다.

인체의 신비함은 배우면 배울수록 그 원리와 작용이 너무나 놀라워 사람이 만들어진 그 섭리에 이루 말할 수 없이 감탄, 감동, 감사하게 됩니다. 그중 웃음에 대한 인체의 반응 역시 굉장히 놀랍습니다. 웃으면 백혈구가 증가하는데, 이때 백혈구 속에 있는 암세포를 죽이는 NK 세포(Natural killer cell, 자연 살해세포)도 늘어나 자연적으로 암에 대한 인체의 면역력이 강화된다고 하지요. 웃기만 해도 치료가 되는 놀라운 일이 실제 우리 몸에서 벌어지고 있는 것이니 감탄, 감동, 감사하면서 웃게 되지 않을 수 없습니다.

그뿐만이 아닙니다. 웃음으로 인해 나오는 호르몬인 엔도르핀과 엔케팔린은 강력한 진통 효과를 내는 모르핀보다 300배

이상의 통증 억제 효과를 지니고 있다고 하니, 아픔이 있는 사람에게 웃음이 명약이 되어 주는 셈입니다.

이와 같은 인체와 웃음의 상관관계는 웃음 치료가 암이나 간질, 치매 등 만성질환 치료에 널리 활용되는 이유입니다.

사람이 가장 피곤할 때가 언제일까요?

저는 관계가 악화할 때입니다. 이럴 때는 마치 사방이 막힌 듯한 느낌입니다. 사람이라면 본래 누구나 부족하니 이런 사람들끼리 하는 관계는 어려울 수밖에 없습니다. 이렇게 관계로 인해 스트레스를 받을 때 위에서도 말했듯이 웃음이 답이 되고 약이 됩니다. 빅토르 보르게의 "웃음은 사람 사이를 가장 가깝게 해 준다"는 말처럼 웃으면 실제로 그렇게 되지요.

다른 웃음에 관한 명언을 전해 드리면서 미소로 이 글을 마감합니다. 저의 미소가 이 글을 통해 여러분에게 좋은 에너지로 전달되면 좋겠습니다.

마치 미소는 음악과 같은 것이다. 웃음의 멜로디가 있는 곳에 재앙이 다가오지 못한다.

- 샌더스

웃음은 가장 값싸고 가장 효과 있는 만병통치약이다. 웃음은 우주적인 약이다.

- 리셸

가장 큰 낭비는 웃음이 없는 나날이다.

- E. E. 커밍스

웃음에 생명이 있다

웃음의 힘이란 참으로 대단합니다.

장난감 수납 박스에 웃음 표시가 되어 있는데 그걸 거실에 두었습니다. 글쎄 그 앞에 앉아 그것만 봐도 기분이 좋아집니다. 무생물인 데다 그저 눈꼬리와 입꼬리가 웃는 모양일 뿐인데 그것만 보아도 기분이 좋아지는 느낌이 나니 참 신기하죠.

그래서 웃음을 인생 묘약이라고 하나 봅니다. 어린아이들이 웃고 있는 화면만 보여 줘도 그걸 본 아이들이 따라서 웃는다는 실험 결과도 있었는데요. 웃음의 전파력은 이처럼 대단합니다.

웃음에 생명이 있는 것이죠. 어린아이들에게서는 이 생명력이 넘쳐납니다. 작은 일에도 크게 웃는 걸 보면요.

정말로 어른이 되면 살면서 웃을 일이 별로 없는 걸까요?
웃을 일이 없는 것이 아니라, 내가 웃을 여유가 없는 것일 겁니다. 요새 그래서 '더 웃자, 많이 웃자' 생각하게 됩니다. 몸과 맘이 아파도 웃을 일이 있고, 일이 잘 안 풀려도 웃을 일이 있고, 관계가 서먹해도 웃을 일이 있습니다.

안아 주고 토닥여 주고

둘째 딸(글 쓸 당시 10세)이 자주 해 주는 게 있습니다. 폭 안아 주면서 살짝 등을 토닥여 주는 겁니다. 제 아내와 저는 둘째 딸의 이 포옹과 토닥임을 받는 걸 무척이나 좋아합니다. 사랑스럽고 따뜻하고 힘이 되는 기분입니다.

꼭 이게 몸짓 표현으로만 할 수 있는 걸까요?

우리는 마음으로도 상대방을 충분히 안아 주고 토닥여 줄 수 있습니다. 수용해 주고 포용해 주며, 위로하고 격려해 주는 것이지요.

사랑과 겸손과 감사의 말

연애 시절로 돌아갔나 봅니다.

"사랑해", "좋아해" 이 말을 많이도 듣습니다.

다섯 살인 둘째 딸이 많이 해 주거든요.

방문을 살짝 열고 손만 내밀어 엄지검지 하트를 보여 주고 "사랑해" 말하고 가기도 하고, 둘이 산책을 하다가 불쑥 "사랑해" 웃으며 말하기도 하고, 같이 있다가 "아빠가 좋아" 하며 껴안아 주기도 합니다.

생각해 보면, 제가 "사랑해" 한 만큼 제게 "사랑해" 말하는 것 같습니다.

그러고 보면 사람은 말로 만들어집니다. 그래서 부모가 자녀에게 하는 말이 굉장히 중요한 거겠죠.

어디서 보니 한국인은 "엄마", "아빠" 다음으로 세 번째로 가르치는 말이 "지지"와 "까까"라고 하더군요.

그에 비해 미국인은 아이에게 가장 먼저 "엄마", "아빠"라는 말을 가르치고, 세 번째로 "감사합니다."라는 말을 가르친다고 합니다.

지지는 '내 새끼 과보호'로 이어지고, 까까는 어른이 되어 '대가성 거래 또는 뒷거래'를 만드는 요인이 된다고 분석하더군요. 일리 있어 보입니다.

사랑과 겸손과 감사의 말을 하며 사는 부모와 함께 사는 자녀는 복된 인생을 사는 것입니다. 사랑과 겸손과 감사의 말이 주는 축복을 누리고 나누는 삶을 이미 살고 있고, 앞으로도 그렇게 살게 될 테니까요.

사랑과 겸손과 감사의 반대는 무엇인가요?

미움과 교만과 불평이죠.

우리의 소중한 인생을 이런 못된 말, 몹쓸 말로 허비하지 말아야겠습니다. 부모 자신과 우리 자녀의 인생을 위해서요.

그런데 사랑과 겸손과 감사의 말이 각각 따로일까요?

사랑하면 남을 섬기니 겸손하고, 겸손하면 나를 낮추니 감사하게 되죠. 사랑＝겸손＝감사. 늘 함께입니다. 오늘 나의 입에서 '사랑과 겸손과 감사의 말'이 나오길.

서운하게 한 이후

사람이 부족하고 연약하기에 늘 한결같을 수 없고, 늘 좋을 수도, 늘 잘할 수도 없습니다. 부족한 것투성이라 특히나 관계에 있어서는 남을 서운하게 할 수 있는 게 인간입니다. 본래도 늘 인격적으로 부족한 것이 인간이고, 타인의 입장을 잘 헤아린다는 것이 쉬운 일이 아니기에 우리는 이처럼 남을 서운하게도 하고 상처도 줍니다. 일단 이 사실을 늘 인식하고 있는 게 중요해 보입니다.

그렇다면 남을 서운하게 했을 때는요?

인간은 이 단계가 중요해 보입니다. 서운하게 한 이후의 자세와 행동 말입니다. 저는 이걸 둘째 딸에게서 배웁니다. 둘째 딸은 즉각적입니다. 만약 제가 서운할 것 같으면 손을 뻗어 오라고 하거나 와락 포옹을 해 주거나 하며 "아빠 사랑해" 말해 줍니다. 그러면 서운했던 마음은 눈 녹듯 사라집니다.

이것이 비단 가족 사이에서만 이럴까요?

친구와 이웃, 동료 사이에서도 우리는 즉각적인 자세와 행동을 취할 수 있습니다.

우리는 서운하게 한 이후 충분히 다정할 수 있지요. 그 다정함이 서운한 마음을 너무나도 금세 녹게 하여서 내가 언제 서운해 했던가 하는 생각마저 들게 합니다.

그런데 이건 꼭 내가 남을 서운하게 했을 때에만 해당하는 이야기는 아닙니다. 그 사람이 속상해 보이고 서운해 하는 것 같으면 무슨 이유에서 그 사람이 그렇든 상관없이 우리는 다정함의 자세와 행동을 취해 줄 수 있습니다. 위로와 말, 격려의 말을 해줄 수 있지요. 그 힘은 굉장합니다.

참는 아이

아이는 누군가를 사랑할 수 없을 때 최소한 그 사람을 참으려고
노력한다.

- 괴테

　돌아보면 아이가 부모를 참아 준 적이 많았음을 알게 됩니다.
작고 여린 아이가 어른을 참아 줄 수밖에 없으니 정말로 아이
들을 함부로 대할 일이 아닙니다.

　사랑은 오래 참고 사랑은 온유하며 투기하는 자가 되지 아니하
며 사랑은 자랑하지 아니하며 교만하지 아니하며 무례히 행치
아니하며 자기의 유익을 구치 아니하며 성내지 아니하며 악한
것을 생각지 아니하며 불의를 기뻐하지 아니하며 진리와 함께
기뻐하고 모든 것을 참으며 모든 것을 믿으며 모든 것을 바라
며 모든 것을 견디느니라

- 성경 고린도전서 13장 4~7절

사랑에 관한 성경 말씀을 보면 "사랑은 오래 참고"로 시작하여 "모든 것을 견디느니라"로 끝나지요. 이 성경 말씀처럼 사랑에는 인내가 필수인데, 어른이 될수록 인내심이 줄어듭니다. 오늘날의 세태는 '내 맘에 안 들면 손절'이 대세입니다. 인간관계는 피하고, 애완동물을 반깁니다. 내 아이만 신경 쓰고, 남의 아이는 돌아보지 않습니다.

나태주 시인의 시 "자세히 보아야 예쁘다 / 오래 보아야 사랑스럽다 / 너도 그렇다"를 보고 '이상하다' 여겼었습니다. '그냥 보면 예쁘고 사랑스러운데 왜 자세히, 오래 보아야 하지.' 나태주 시인의 인터뷰 기사를 보고 알았습니다. 직업이 초등학교 교장이니 미운 학생을 보고 쓴 시랍니다. 그래서 이 시가 많이 읽히지 않았으면 하더라고요.

역으로 생각해 보면, 미운 놈 떡 하나 주는 마음으로 내가 저 사람을 사랑하지 못할 것 같으면 참아 주고 더 참아 주고 기다려 주고 더 기다려 주는 겁니다. 그런데 실은 이게 사랑의 일부고, 이렇게 하다 보면 더욱 사랑하게 되겠지요.

그리고 보면 나태주 시인의 저 시는 '인내의 사랑'이라는 주제로 많이 읽히면 좋겠습니다. 아이들은 이미 그 '인내의 사랑'을 몸소 실천 중입니다. '미운 어른'이 많은 이 세계에서.

아이가 인생의 어두운 면에서 구원받을 때마다,

우리 중 하나가 아이의 삶을

변화시키기 위해 노력할 때마다,

우리 자신의 삶에 빛과 치유가 더해집니다.

오프라 윈프리

어린이와 같이 있으면

영혼이 치료된다.

도스토옙스키

☀ 2부

아이와 함께하며

1장

사랑을 받으면 세상이 보인다

등 굽은 나무

초등학교 4학년인 둘째 딸이 학교 국어 시간에 '생각과 느낌을 나누어요' 활동으로 〈등 굽은 나무〉 오행시를 지은 걸 집에 와서 말해 주었는데, 그 내용이 아빠인 제게 큰 감동이 되었습니다.

등 굽은 나무

정혜리

등에 올라타고 싶다 바로 우리 아빠 등
굽은 상태로 저를 등에 태워 주는 우리 아빠
은구슬을 마음껏 드리고 싶어졌다 역시
나무처럼 든든한 우리 아빠!
무한 살까지 살 것만 같다.

둘째 딸이 많이 걷거나 몸이 피곤해서 힘들어하면 자주 업어 주었는데 그 생각이 났나 봅니다. 두 딸이 어릴 때는 '나중에 더 크면 언제 안아 주고, 업어 주나' 하는 생각이 들어 많이 안고 업고 그랬습니다.

또 지치고 힘들면 언제든 아빠에게 오라고 했습니다. 그렇게 많이 안아도 주고 업어도 주었습니다.

그러면서 말도 해 주었죠. 힘들면 아빠한테 오라고요. 물론 엄마한테도요. 부모를 안식처로 여기고 살라는 의미이지요. Home Sweet Home. 이것이 꿈의 가정입니다. 저는 이 꿈을 언제나 꿈꿉니다.

아빠

루카스 제이

첫째가 열세 살,
둘째가 여덟 살

그래도 난 여전히
아빠라는 이름이
설레고 신기하다.

그리고 아빠로서,
아빠답게 살고 싶다

아빠의 자격, 아빠의 인생.

잘 살아야 한다는 소망과 결심이
이 아빠라는 말에서 나온다

나를 부른다, 아빠!
난 아빠다운가.

사람과 사랑에 관하여

둘째 딸(글 쓸 당시 6세)이 '사람'이라는 글자를 써 달라고 해요. 평소에 '사랑해'라는 말을 글로도 많이 쓰는 둘째 딸이라 '사' 자를 직접 쓰라고 하고 제가 '람' 자를 쓰는데 '라'까지 써 놓고 제가 이렇게 말했어요.

"사랑은 동그라미고, 사람은 네모네."

아! 그러고 보니 모난 사람을 유하게 만들어 주는 것이 바로 사랑 맞네요. 사람과 사랑이라는 단어에 이런 오묘한 뜻이 숨겨져 있었네요.

사람은 본성적으로 모난 것투성이지만, 사랑에 의해 사람은 '사랑의 사람'으로 둥그렇게 변화되어 갑니다.

아, 나이가 들수록 더욱더 둥그렇게 되면 좋겠습니다. 갈수록 모나지지 말고요.

오늘도 원(圓)의 삶을 살기를 원(願)합니다.

사랑의 사람

사랑이 사람이고 사람이 사랑이고
그렇게 사랑의 사람 되길 원해요
내가 그렇게 될 수 있을까요

그 길은 무엇일까요
빛이 아니면
불가하겠죠.

사랑의 존재로 되고 싶습니다.
존재 자체가 사랑인.
특히 아이에게.

자연을 아껴 주는 예쁜 마음

잠자리

루카스 제이

아이가 부른다, 이걸 보라며.

한밤중 갑자기 쏟아진 소낙비에

네가 있을 만한 곳이 아닌

이 높은 고층 아파트 창문 모기장에 붙어

서둘러 비 피한 너, 어쩌다 이 높은 데까지 올라왔는지.

그래도 창틀에서 떨어지는 비 맞을까

안타까운 마음에 집으로 들였으나

네가 '자연인'이라는 걸 생각하고는

내일 아침 집 안에서 시름시름 앓는 널 보게 될까 봐

다시 모기장으로 보내 주었지.

모기장에 붙어 있던 너, 깨어 보니 안 보이네.

밤사이 비 피해 잘 있다 갔니? 고생 많았다.

아이의 자연 사랑은 참으로 자연스럽습니다. 그리고 사랑스럽습니다. 한밤중에 잠자리를 집으로 잠시 들여놓게 된 것은 아이의 이러한 자연 사랑 덕분입니다.

작은 동식물도 아껴 주고 싶어 하는 아이의 그 예쁘고 고운 마음이 참으로 우리에게 소중합니다.

이래서 아이에게 배웁니다. 아이는 사랑의 기쁨을 가르쳐 줍니다. 그래서 아이와 함께함이 기쁨이 됩니다.

사랑을 받으면 세상이 보인다

우리가 마음이 평안하려면 꼭 사랑이 필요합니다. 사랑을 받아 마음이 평안해지면 세상이 보이기 시작합니다. 나 자신이 보이고 이 세상이 보이고 인생이 보이고 사람이 보이고⋯. 그러면서 기쁨과 감사가 피어납니다. 계속 그러면서 기쁨과 감사가 커져 갑니다.

요새 집에서 아이들과 식물 몇 개를 키우고 있는데요. 아이들과 함께 식물에게 "사랑해"라고 말해 줍니다. 아이들은 식물들이 햇빛도 받게 해 주고, 물도 주고, 추우면 들여놓아 줍니다.

식물을 사랑해 주면 무럭무럭 잘 자라듯이 아이도 사랑을 주면 잘 성장하지요. 그렇게 사랑을 받으며 자란 아이의 마음은 나이가 들수록 단단해지고 넓어집니다. 사랑을 주는 것은 늦은 때란 없어서 어른의 경우도 마찬가지죠. 어른도 사랑을 받으면서 마음이 견고해지고 확장됩니다.

저는 부족한 것이 많은 부모이지만 이 점을 분명히 알기에, 가끔 부모로서 아이에게 잘못을 하기도 하지만, 본질적으로 아이에게 사랑을 많이 주려고 합니다. 아이를 사랑하니까 사랑의 눈빛으로 아이를 바라보게 되고, 사랑으로 아이를 대하게 됩니다.

제가 아이들에게 항상 그렇게 잘하는 것은 아니지만 그럼에도 사랑을 자꾸 나누다 보면 더욱더 사랑을 잘하게 되리라 믿습니다.

사실 어른들 사이에서도 마찬가지죠. 사랑으로 서로를 대할 때 정말로 세상이 보이기 시작합니다. 그 점이 '사랑의 놀라움'이라는 생각입니다. 세상을 밝게 보고 인생에 대해 긍정적으로 도전하게 됩니다. 부담을 느끼는 대신, 기쁨을 가지게 됩니다. 특히 힘들 때 우리가 받은 사랑은 앞으로의 인생에 큰 힘이 되어 줍니다.

우리가 이러한 사랑의 특성을 알고 더 충실하고 성실하게 사랑하고자 한다면 우리는 세상을 더 잘 볼 수 있고, 그럼으로써 인생을 더 잘 살 수 있겠죠.

저는 두 명의 자녀를 두고 있는데, 둘의 터울이 다섯 살입니다. 첫째만 키울 때는 제가 지금보다 많이 더 인간이 모자랐고, 육아도 처음이라 서툴고 잘못도 많이 했습니다. 그렇게 보자면 둘째는 그런 시행착오 뒤에 키우게 된 터라 제가 그래도 좀 더 지혜로워지고 사랑을 더 잘하게 된 덕을 보고 있죠. 물론 둘째에게도 서툰 것도, 못하는 것도 많지만, 확실히 둘째가 더 덕을 보는 것이 사실입니다.

처음에는 첫째에게 못했던 걸 많이 생각했지만, 지금은 그동안 첫째를 키우면서 반성했던 것, 첫째와 둘째를 키우면서 배운 것을 첫째에게도 많이 적용해야겠다는 결심을 하게 됩니다. 다자녀 부모들은 이 점을 많이 생각해 보아야 할 것입니다.

둘째 딸이 최근에 저에게 편지를 써 주었는데요. 다음의 내용입니다.

"사랑을 받아 아빠, 엄마, 언니한테 주어요. 그리고 엄마는 요리하고, 아빠는 일하니까 돈 많이 벌겠지. 그리고 언니는 설거지해서 멋져."

사랑스럽고 재미있어서 여러 번 보고 제 방에 붙여 놓았습니다. 특히 사랑을 받아서 가족들한테 준다는 내용을 보고 많이 감동했습니다. 그리고 또 생각했습니다.

'아, 사랑을 받아서 나누게 되는 거지! 그게 사랑의 힘이지!'

이렇게 가정에서 서로 나눔으로써 커진 사랑이 이웃에게 전달되는 것이죠. 가정에서 사랑을 나누어 보지 않은 사람이 이웃과 사랑을 나누기란 정말 힘들 것입니다.

그러므로 우리는 가정에서부터 사랑을 나누어야겠습니다. 그것이 서로를 향한 참 배움이겠죠. 그렇게 사랑을 배울 때 세상을 밝은 눈으로 볼 줄 아는 우리가 될 것입니다.

눈빛

루카스 제이

가만 보면,
눈빛에 모든 것이 담긴다.

애정이 가득한 눈빛으로
상대를 바라보면

나에게는 충만한 행복이 오고
상대는 자신감이 찬다.

사랑의 눈빛을 나누는 일,
내가 가장 하고 싶은 일.

질문 카드

'질문 카드'라는 걸 선물 받은 적이 있습니다.

특히 아이들과 대화할 때 사용하면 좋겠다 싶은, 말 그대로 다양한 질문이 적혀 있는 카드입니다.

그중 '사랑'이 제목인 카드에는 다음과 같은 질문이 적혀 있습니다.

"가장 사랑받고 있다는 생각이 든 순간은?"

참 좋은 질문이라는 생각입니다.

우리가 이 질문에 대한 각자의 답을 알고 서로를 대한다면 훨씬 더, 아니 정말 제대로 사랑을 할 수 있을 텐데요.

당신은 언제 가장 사랑받는다고 느끼나요?

저는 가족에게 둘러싸여 있을 때 가장 사랑받는다는 느낌을 받습니다.

가족의 관심과 애정을 한 몸에 받고 있다는 걸 느낄 때 그 사랑으로 인해 천국에 있는 듯한 행복을 느낍니다. 저 자신에게 언제 가장 사랑받는다고 느끼는지 스스로 질문해 보고 내놓은 답입니다.

저 같은 사람은 가족과 함께 있을 때 허투루 시간을 보내지 말고 진정으로 마음을 나누어야겠죠. 그에 앞서 가족에게 질문을 던져야 할 것입니다.

"가장 사랑받고 있다는 생각이 든 순간은?"

저는 사랑에 대한 이 질문 카드를 본 순간, 우리는 상대방이 언제 가장 사랑받는다고 생각하는지 어쩌면 너무 모르고 있지 않나 하는 생각을 해 보게 되었습니다. 그 결과, 잘못된 또는 방향이 맞지 않는 사랑을 하고 있지는 않은지….

사랑도 아는 만큼 하잖아요.

오늘은 한번 어떨 때 가장 사랑받는 느낌이 드는지 나와 함께하는 가족과 이웃에게 질문해 봅시다.

혹시 아나요? 그동안 우리가 몰랐던 뜻밖의 사랑의 길이 새로이 열릴지도.

정성을 다한다는 것

거북이를 키운 지 두 달쯤 된 거 같습니다. 아이들이 동물을 키우면서 정성을 들이며 교감해 보는 기회를 진작부터 갖게 해 주고 싶었는데, 강아지는 책임질 게 굉장히 많아서, 예전에 다른 집에서 거북이 키우는 걸 보고 귀엽기도 하고 큰 공 안 들이고 키우는 것 같아 우리 집 애완동물로 거북이를 택했습니다.

마트 애완동물 담당직원의 간단한 설명을 듣고 두 마리를 사왔는데 물을 갈아 주는 것과 거북이를 씻기고 다루는 것에 대해 자세히 알아보지를 않는 바람에 그만 한 마리를 땅에 묻어 주게 되고 말았습니다.

저의 주도로 가족과 상의해서 거북이를 키우기로 한 거였는데, 인터넷만 좀 검색해 봐도 알 수 있는 정보를 찾아보지 않아서 벌어진 이 일로 애꿎은 동물 한 마리를 떠나보내게 되었고 가족에게도 슬픔을 안겨 주고 말았습니다.

그 일이 있고 나서도 거북이에게 별다른 관심을 주지 않고 특별히 거북이와 거북이 기르는 방법에 대해 자세히 알려고도 하지 않았습니다. 그러다가 한 마리만 있게 하는 게 아닌 것 같아 다시 한 마리를 사서 키우게 되면서 거북이에 대해 본격적으로 알아보기 시작했습니다.

거북이의 종의 특성, 거북이가 좋아하는 환경과 먹이와 온도에 대해 인터넷을 통해 하나씩 알아 가기 시작했습니다. 그러면서 가끔 새로운 먹이도 줘 보고, 좀 더 물을 자주 갈아 주었습니다.

오늘은 여과기와 사료를 구매했습니다. 구매하면서 마트 담당직원에게 이것저것 물어보았는데 아직도 거북이에 대해 알아보고 경험해 보고 교감해 볼 일이 많다는 느낌을 받았습니다.

거북이를 키우면서 든 생각은 '내가 참 일을 간단히 보았구나'라는 겁니다. 적어도 거북이를 키운다고 했을 때는 거북이에 대해 알아본 후에 제대로 환경을 갖춰 주고 적절히 대해 줬어야 했는데, 참 무책임했다는 생각이 들었습니다. 그 키우기 쉽다는 거북이에 대해서도 이렇게 무심하고 게으릅니다. (물론 거북이가 강아지와 같은 애완동물에 비해서 좀 그렇다는 것이지 물도 자주 갈아 주어야 하고 신경 써 줄 게 적지 않습니다.)

고민을 더 해 봅니다.

'이해하고 돕고 챙겨야 할 사람에 대해선 어떤가?'
'정말로 정성을 다해서 사람들을 대해야 할 텐데….'
'또 작은 일 하나를 할 때도 정성을 다해야 하는데….'

오늘 감사했던 것 말하기

차 안에서 또는 잠자리에서 가족끼리 이따금 '오늘 감사했던 것 말하기' 대화를 해요. 한 명씩 돌아가면서 말하고, 그 사람의 감사의 말이 끝나면 다 함께 박수를 쳐 줍니다. 박수를 치면서 웃음이 나와요.

두 딸들이 감사했던 것을 말할 때 보면 부모가 다정하고 친절하게 해 줬던 걸 말하면서 "이래이래서 좋았어요"라고 말하는데, 아이들에게 잘해 주어야겠다는 생각이 더욱더 듭니다.

가족은 그 누구보다 함께하는 시간이 많은 만큼 서로에게 감사를 잘 표현하면 가족애가 더 강해지고 서로가 좋아하는 것, 원하는 것을 더 잘 알 수 있게 됩니다.

감사의 말을 나누다 보면 자매는 자매대로, 그리고 부모-자녀 간에 더 친밀해지는 느낌을 받습니다. 부부는, 가족이 한데 모여 각자가 가정을 위해 배려해 온 것들을 이야기하는 가운데 서로에게 고마움을 느끼게 됩니다.

'오늘 감사했던 것 말하기' 대화. 매일 하면 좋겠습니다. 특히 주일에 이런 시간을 가지면 한 주를 가족이 다 같이 정리하면서 도란도란 이야기 나눌 수 있는 감사한 기회가 될 것입니다.

감사라는 것도 입으로 나와야 서로가 더 잘 느낄 수 있음을 체험하게 됩니다.

"사랑이 필요해?"

실은 아이와 함께하고 싶은 마음에 그런 건데요. "아빠 사랑이 필요해?"라고 물어보는 겁니다. 심심해 보이거나 조금 쳐져 있을 때, 혹은 그냥 그렇게 물어보았습니다. 저의 사랑의 표현이죠.

그랬더니 나중에는 자기가 먼저 "아빠 사랑이 필요해"라고 말합니다. 안아 달라, 놀아 달라는 것이죠. 그러면 사랑을 주고 싶습니다. 마음에 있던 사랑이 행동으로 나오게 되는 것이죠. 안아 주고 싶고, 놀아 주고 싶어집니다. 그렇게 아이와 사랑으로 함께하게 됩니다. 저 또한 아이와 사랑을 주고받는 이때가 너무도 행복합니다. 저 역시 사랑을 받습니다. 그것도 아주 많이요. 이게 사랑의 힘이죠.

이런 '사랑의 대화'를 주고받다 보니, 그리고 이를 통해 사랑을 주고받다 보니 아이가 더욱더 사랑을 받을 줄 아는 사람이 되어 간다는 느낌을 받았습니다.

물론 사랑을 받을 줄 알게 되면서 사랑을 주는 데도 더욱더 익숙해지는 것 같습니다. 사랑은, 주는 것과 받는 것이 결국 매한가지죠. 사랑을 받을 줄 아는 사람이 줄 줄도 아니까요.

아이와 이러한 '사랑의 관계'를 발전시켜 나가면서 '사랑을 받는 데도 훈련이 필요하구나' 하는 생각이 들었습니다. 사랑을 받을 줄 아는 것도 삶의 지혜입니다. 힘들 때, 외로울 때 가족에게, 이웃에게 손을 잡아 달라고 표현을 할 수가 있어야 하지요. 누구에게나 힘들고 외로운 순간이 찾아오니까요. 그것도 아주 자주요. 하지만 안타깝게도 세상에는 이런 표현을 할 줄 몰라서 힘겹게 살아가는 사람이 무척 많습니다. 표현하는 것을 배우지 못한 겁니다.

저는 가정에서 우선 사랑을 받을 줄 아는 사람이 되도록 가족 간에 서로 사랑을 주고받는 것에 대해 적극 표현을 하기를 강권합니다. 아주 어려서부터 그렇게 하면 좋겠지만 나이가 들어서도 늦지 않습니다. 조금씩 훈련하는 겁니다.

사랑을 많이 받고 자란 아이는 어디를 가도 티가 나지요. 사랑스러운 표정과 말과 행동이 자연스럽게 나옵니다. 그래서 또 사랑을 받습니다.

사랑을 받을 줄 아는 사람이 되도록 아이는 계속해서 훈련을 받아야 합니다. 무슨 버거운 훈련이 아니라 그저 사랑이 필요할 때 필요하다고 말하는 지혜로운 습관을 익히는 것이죠. 이게 내 것으로 습관화되면 서로가 함께 고난을 극복하는 지혜가 생길 것입니다. 그리고 자신이 언제 사랑이 필요한지를 잘 알기 때문에 가족과 이웃에게 언제 사랑이 필요할지도 잘 알게 될 것입니다.

단 한 마디면 충분합니다.
"사랑이 필요해."

필요(必要)의 사전적 정의가 무엇인가요. '반드시 요구되는 바가 있음'입니다. 그러니까 "사랑이 필요해"라는 말은 "나에게는 사랑이 반드시 있어야 해"라는 말입니다. 내게는 지금 관심과 배려와 도움이 꼭 있어야 한다는 말입니다.

우리는 누구나 사랑받기 위해 태어난 존재이지요. 우리는 물론 그러한 존재이지만 그렇게 되도록 훈련을 해야 하는 겁니다.

사랑이 필요하다고 말한 사람에게 사랑을 준 사람 역시 결국 사랑을 받게 됩니다. 그러면서 함께 성장하고 함께 성숙해집니다. 이게 사랑의 힘입니다.

이것은 단지 아이와의 관계뿐 아니라 어른들 사이에서도 반드시 이루어져야 할 일입니다. 우리는 그렇게 서로의 아픔과 슬픔을 나누고 서로의 성장과 성숙을 도모하는 사랑의 능력을 누구나 마음속에 지니고 있습니다.

사랑은 결코 길을 잃지 않아

루카스 제이

사랑은 결코
길을 잃지 않아

사랑이 곧 길이니.

인류는 어린이에게
최상의 것을 빚지고 있다.

유엔 헌장

2장

기적을 지켜보며

너의 손을 잡으며

너의 손을 잡으며

루카스 제이

너의 손을 잡으며
사랑에 빠지고 사랑을 느낀다.

작은 손은 어쩜 그리 귀엽니.
내 큰 손 안에 폭 들어오는 네 손.
이렇게 손 잡아 주듯 내 마음으로
너를 언제나 폭 안아 주고 싶구나.

너의 손이 자라는 걸
이미 어른이 된
나의 손으로 느끼면서

그렇게 자라는 너의

손을 잡으며 나는
사랑에 빠지고 사랑을 느낀다.

언제 어느 때든
나의 손의 온기로
널 향한 나의 사랑을
전하고 싶다.

내게는 너의 손이
감동이고 감사다.

　자녀의 손을 잡고 걸을 때 그 행복감은 이루 말할 수가 없습니다. 이 새로운 존재가 부모에게 와서 지금 나의 손을 붙잡고 걸어가고 있으니 신비하고 감사할 따름입니다.

　아기의 손이 이제 아이의 손이 되었고 금세 청소년, 청년의 손으로 자라겠지요. 그 어느 때든 저는 아이의 손을 잡아 주고 싶습니다.

　손잡아 주는 그 몸짓으로 너를 너무나 사랑하고 있다는 걸 아이가 느끼게 해 주고 싶습니다. 그렇게 아이의 손을 잡으며 "나는 그저 너라는 존재만으로 세상 행복하다"고 말해 주고 싶습니다.

"네가 기쁘면 아빠는 행복해"

오늘 드디어 둘째 딸 방에 벙커침대 설치를 했습니다.
딸들에게 자주 해 주는 말이 있습니다.

"네가 기쁘면 아빠는 행복해."

오늘 더욱 그랬습니다.
유치원에 다녀온 둘째 딸이 아직 침대가 오지 않은 줄 알았다가 서프라이즈로 문을 열어 보여 주었더니 무지 신나서 활짝 웃으며 좋아하는데 저는 그 기뻐하는 모습을 보고 매우매우 아주아주 행복했습니다. 자기 공간이 생긴다는 건 정말 좋은 건가 봅니다. 어른도 그렇죠.

"네가 기쁘면 아빠는 행복해."

이 말을 또 해 주었습니다. 그리고 그동안 자신의 방을 아빠가 사용하도록 해준 데 대해 감사를 표했습니다.

"네가 기쁘면 아빠는 행복해."

아이들에게 이런 말을 자주 해 주면 좋습니다. 자신의 기쁨이 부모의 행복이 된다는 걸 알게 된다면 아이 자신의 인생이 소중하다는 걸 스스로 인지하고, 그리하여 자기 자신을 진정으로 사랑해 줄 수 있겠지요.

세상에 특별한 일이 일어나지 않는 이유

〈세계를 건너 너에게 갈게〉라는 책을 첫째 딸이 사서 읽고 있는데, 띠지에 이렇게 쓰여 있더군요.

"세상에 특별한 일이 일어나지 않는 이유는 사람들이 특별한 일을 받아들일 준비가 안 되어 있기 때문일 거야."

'맞다, 맞다, 참으로 맞다'는 생각이 들었습니다. 마음이 열려 있지 않아 생각과 행동이 변화되지 않으니 특별한 존재로서 특별한 인생을 살아가지 못하는 것일 겁니다. 이런 이유로 특별함이 서로서로에게 전해지지 않고요.

열린 마음.
깨어 살기.

제게 필요한 일입니다.

구름의 느낌

루카스 제이

아내와 연애할 때 하늘 위 구름을 보면서
저 구름이 무엇을 닮았나 이야기하곤 했어요.
한 명이 토끼를 말하면 다른 한 사람이
하늘 위에서 토끼 구름을 찾는 식이죠.

우리는 늘 일치했고
아내는 여전히 그 추억을 이야기합니다.

이제는 두 딸까지 같이 구름 모양 맞추기를 하니
구름은 제 인생에서 가장 소중한 사람들과
함께하는 즐거운 추억이 됩니다.

구름이란 우리로 하여금
하늘을 바라보게 하는 것이죠.

구름이 주는 경외감 같은 것이 있습니다.

우리가 살아가는 데 꼭 필요한 비를 내리는 구름.
때로는 시원시원하고 때로는 신비한 구름의 여러 모양.

파란 하늘, 높은 하늘에 뭉실뭉실 하얗게 핀 구름.
바람에 따라 모양과 위치가 바뀌는 구름.
넓은 바다 위에서 만나는 구름.
높은 산 위에 바로 걸쳐 있는 구름.
해가 지기 전 석양에 물든 구름.
태양이 안에서 강렬한 빛을 비추는 구름.
비행기에서 가까이 만나는 구름.

최근에는 아내가 썰매를 끄는 산타 구름을 찾았습니다.
살면서 처음 보는 희한한 구름 모양을 만날 때면
더욱더 특별함을 느끼게 됩니다.
일자로 겹겹이 죽 늘어선 양털 구름을 볼 때도 그랬죠.

구름이 우리에게 주는 그 느낌이
특별하고 소중하다는 생각이 드네요.

사랑하는 사람들과 하늘을 보고
구름을 보고 살아가야겠어요.

솜사탕

정혜리

먹으면 사르르 녹는 솜사탕
마치 구름을 먹는 것 같다.

곰돌이 인형처럼 폭신폭신한
솜사탕.

구름처럼 몽실몽실한
솜사탕.

웃음에 감사

세상 신비하고 놀라운 감격을 안겨 주었던 첫째 아이. 기쁨도 컸지만 결혼하자마자 부모라는 이름표를 갖게 된 터라 부담감도 적지 않았습니다. 그런데 이런 부담감은 실은 둘째 아이가 태어나기 이전과 태어난 이후의 삶을 돌이켜보면 첫째 아이 때보다 더 컸던 것 같습니다.

아내가 첫째 아이를 가지고 낳았을 때도 형편이 좋지 않았지만, 둘째 아이 출산 전후로는 정말 육체적, 직업적 고비였거든요. 몸과 마음이 힘들었습니다. 지금은 그 당시에 대해 결과적으로 너무도 감사하게 되었지만, 아무튼 그때에 저 스스로는 매우 어리석은 선택을 함으로써 힘든 삶을 자초했습니다. 이런 저 때문에 아내도 힘들었던 시기입니다.

어리석음과 버거움으로 점철된 그 당시, 갓난아기였던 둘째 아이를 많이 못 봤습니다. 말을 걸거나 안아 준 적이 별로 없었지요.

그런데 둘째가 신생아 때부터 방긋방긋 웃더니 이 작디작은 아기가 아침에 일어나자마자 아주 환하게 웃고, 툭 하면 툭 치면 아주 해맑게 웃더라고요.

  시간이 지나고 보니 그 힘든 시기에 이 아이의 웃음으로 가정에 큰 힘이 되고 격려가 되었더군요. 지금도 둘째 아이를 보면 하루를 웃음으로 열던 날들이 떠오릅니다. 여전히 둘째 아이는 웃음이 많습니다. 둘째 딸이 까르르 웃으면 온갖 스트레스가 날아갑니다. 살아갈 힘이 납니다.

  이렇게 웃음으로 격려해 주는 자녀들과 함께하면서 '웃음의 힘'을 절감합니다. 옆에 있는 사람이 웃으면 여유와 평안과 행복을 배로 누리게 됩니다. 어른이 아이에게 배운다고, 저도 둘째 아이의 웃음을 웃으며 주변 사람들을 웃게 하고 싶습니다.

  마음의 즐거움은 양약이라도 심령의 근심은 뼈로 마르게 하느니라

  - 성경 잠언 17장 22절

자면서도 웃는 아이

가끔 둘째 딸이 자다가 기분 좋은 웃음을 웃을 때가 있습니다. 그 웃음을 듣는 사람도 자연 기분이 좋아집니다. 아마도 아주 좋은 꿈을 꾸고 있나 봅니다. 아이에게 편하고 즐겁고 재밌는 하루가 있고 난 다음에는 그렇게 자면서도 웃는 것 같습니다.

우리 인생이 이렇다면 참 좋겠죠. 어른은 쓸데없는 걱정과 불필요한 욕심을 안고 살다 보니 웃음이 잘 안 나올 때가 많지요. 쓸데없는 걱정과 불필요한 욕심만 내려놓아도 사는 게 한결 가벼울 텐데요.

어쩌면 인생은 우리가 생각하는 것보다 가벼울지 모릅니다.

자기 전에 두 딸 중에 한 명이 기도하는 시간을 갖곤 하는데요. 그러면서 우리는 하나님께 맡겨 드리는 훈련을 가족이 함께 하고 있는 것이 아닌가 합니다. 둘째 딸의 꿈속 웃음도 여기서 비롯된 것일 수 있습니다. 가벼운 마음으로 잠들었을 테니까요.

잠들기 전에 자녀를 편안하게 해 주는 것이 정서적 안정과 발달에 굉장히 좋다고 하지요.

그처럼 평안함과 강건함 가운데서 나오는 웃음은 참으로 선한 영향력이 있습니다. 아이가 자다가 웃으면 절로 미소가 지어집니다.

사랑하는 딸들, 잘 자고, 잘 먹고, 잘 놀고, 잘 살자!
사랑 안에 거하자! 사랑이 아니면 신경 쓰지 말자!
사랑한다 언제나 영원히!

그저 살짝 입꼬리를 올렸을 뿐인데

그저 살짝 입꼬리를 올렸을 뿐인데

루카스 제이

그저 살짝 입꼬리를 올렸을 뿐인데
생각이 바뀐 걸까 고민이 멈춘 걸까
미소가 이 힘든 걸 그리도 쉽게 한단 말인가

모든 건 그대로인 듯한데
나는 그대로이지 않은 이 기분
내가 변하여 모든 게 변한 거구나
그저 살짝 입꼬리를 올렸을 뿐인데.

내 자녀뿐 아니라 아이들을 보면 살짝 미소를 띠게 됩니다. 아이들의 소중함과 귀여움으로 인한 웃음이지요. 어른의 이런 미소를 보고 아이들은 세상을 더욱 맑고 밝게 보며 살아갈 수 있겠지요.

피아노 건반 위 작은 손

피아노 건반 위 작은 손

루카스 제이

피아노 건반 위 작은 손의 그 사랑스럽고 귀여운 움직임.
피아노를 칠 때 맑고 밝은 네 눈빛, 네 표정을 볼 때
그 사랑스러움과 귀여움에 눈을 떼지 못해.

일곱 살부터 시작되었던가.
내가 너의 그 피아노 사랑의 짧지만 강렬한 역사 가운데서
가장 잘한 일은 디즈니 영화음악 피아노집을 선물한 것이지.

알라딘부터 시작해서 너는 푹 빠져서 피아노를 치고
연습하고 또 연습하고 피아노 앞에서 도전하고 즐기는
너의 모습을 보고 너의 피아노 연주를 듣노라면
나는 너무나도 행복하단다.

이제 여덟 살, 음악을 사랑하는 너를 응원한다.
앞으로도 음악과 함께 인생을 즐기기를 바라.

오늘도 너는 피아노 앞에 앉아
작은 손으로 예쁜 멜로디를 만들어 내는구나.
그 사랑스러움과 귀여움에 나는 반하고 말았다.

모든 순간 내 평생 너에게 반한다.
그 반함 그 자체로
감사와 기쁨이 되는구나.

가족들에게 "뮤직 인 마이 라이프"라는 말을 종종 듣습니다. 집에서든 차에서든 음악을 자주 듣기 때문이지요. 우리네 삶에서 음악이 차지하는 비중은 참으로 큰 것 같습니다.

실로 음악이 주는 그 즐거움과 편안함은 굉장합니다. 아이들이 어려서부터 음악을 접하게 해 주고 싶은 까닭입니다. 특히 악기를 잘 다루게 해 주고 싶습니다. 나의 손으로 만들어 내는 음악 소리에 내 몸과 마음을 맡겨 보는 일이요.

저는 어려서 초등학교 6학년 때 딱 1년 피아노를 치고 그만두 었는데 두 딸은 평생 피아노와 함께하면 좋겠습니다. 피아노 말 고 기타나 드럼 같은 악기도 다뤘으면 좋겠습니다. '뮤직 인 마 이 라이프'를 살아가게요. 힘들 때건 신날 때건 음악과 함께하 게요.

노는 아이들

노는 아이들

루카스 제이

딸아이 보려
아파트 창밖으로
캠코더 줌인 하니
풀밭에서 노래하고 춤추는 세 아이
귀여운 목소리 여기까지 들리네
서로 어울리고 함께 웃는 아이들.

어른이 아이에게 잘해 주는 것도 좋지만, 아이들끼리 잘 어울리게 해 주는 것도 굉장히 좋고 또 매우 필요한 일입니다. 특히 요즘 시대는 도통 함께 놀 아이들이 없다고 하지요. 맞벌이 부부는 많고, 아이들은 학원 차에 오르기 바쁘니까요.

저는 그래서 가능한 한 아이들끼리 시간이 되면 놀게 해 주려고 합니다. 물론 놀 시간이 짧다 하더라도 각자 부모님 허락을 받도록 하고요.

특히 초등학생 때는 더 친구들과 어울리도록 해 주어야겠지요. 한국의 중고등학생은 너무나 바쁘고 피곤합니다. 그 전에라도 더 서로 어울려 놀게 해 주고 싶습니다. 물론 중고등학생들 간에도 서로 많이 이야기하고 어울리면 좋겠습니다. 그 이야기나 어울림이 꿈이라는 큰 주제든, 떡볶이 같은 작은 소재든 말이지요.

아이들은 친구라는 관계 속에서 함께하고 웃고 즐기고 배울 수 있으니까요.

기적을 지켜보며

장난으로 죽은 척을 하면 3초 만에 눈물을 뚝뚝 떨어뜨리며 외친다. "엄마, 다시는 그런 장난 하지 마!" 살면서 누군가에게 이런 사랑을 받아본 적이 있었던가? 세상에서 나를 가장 사랑해주는 사람을 내가 만들어낸 기적.

내가 해야 할 일은 유하가 해낼 때까지 초조해하지 않고 기다려주는 것이고, 유하가 해야 할 일은 마음껏 실패해보는 것이다. 그 실패들을 가장 가까이에서 지켜보며, 아마도 나는 유하를 조금씩 더 깊게 사랑하게 될 것이다.

– 이지수,
<우리는 올록볼록해 – 아이와 내가 함께 자라는 방식>

엄마와 아빠의 사랑의 결정체(結晶體)인 자녀.

아빠인 나에게 이렇게 자녀라는 이 생명, 이 인생이 이렇게 신기한데 자기 뱃속에서 열 달이나 키워서 분신(分身)이 나고 자라는 걸 지켜보는 엄마의 심정은 어떨까요.

저는 딸이 둘인데 아내와 두 딸을 포함한 이 세 명을 지켜보고 있으면 참으로 신기합니다. 아내와 결혼하여 이렇게 두 딸까지 만나고 함께하게 되다니….

이지수 작가의 말대로 저는 딸들의 사랑을 받으며 인생은 참으로 살 만하다는 걸 느낍니다. 별 볼 일 없는 나에게 "아빠 최고"라며 애정 듬뿍 담긴 말로 말을 걸고, 내게 안기고, 나와 장난을 치고, 나와 손잡고 함께 걷는 자녀들과 함께하는 삶이란 제게 기적과도 같습니다.

부부가 하나가 되는 인연을 맺게 된 것이 기적이라면, 자녀는 그 기적의 기적입니다. 부부란 그 '기적의 기적'을 함께 나누는 존재이고요.

자녀를 통해 얻는 것은 말로 표현하기 힘듭니다. 자녀와 함께하며 부모는 성장합니다. 자녀의 시행착오를 보며 그 도전과 열정과 인내를 나도 배우게 됩니다.

자녀라는 기적은 부모에게는 매일의 설렘입니다. 자녀가 살아갈 인생에 축복을 해줄 수 있는 그 자체가 부모에게는 생의 축복이 되지요.

　매일 기적을 마주하고 기적을 지켜보고 기적을 함께하며 부모는 인생의 의미와 재미를 발견하고 체험하게 됩니다.

어린이의 운동장

루카스 제이

어른이 되어 부모가 되어
자녀가 다니는 학교를 지나갑니다.

어려서 그렇게 커 보이던 운동장,
지금은 작게만 보입니다.

여전히 세상은 광대하며 모르는 것 천지인데
어른들은 내가 잘났고 내가 다 안다고 말합니다.

우리에게는 운동장이 커 보이던
그 어린아이의 마음이 필요해 보입니다.

그것은 겸손이겠지요.

겸손한 자는 받아들일 수 있고 배울 수 있습니다.
겸손한 자는 성장할 수 있습니다.

3장

내가 좋아하는 집

가족은 꼬옥 안아 주는 거야

유치원에서 나누어 주는, 부모의 자녀 교육 및 부모 자신의 성장에 도움이 되는 자료는 그 내용이 굉장히 좋아서 몇 가지는 계속 보려고 보관하고 있는데요. 이제 자녀 둘 다 초등학생(글 쓸 당시)이라 유치원에서 주는 그 좋은 자료와는 작별입니다. 그런데 초등학교에서 주는 자료도 제게 유익한 게 있더군요.

초등학교 1학년생(글 쓸 당시)인 둘째 딸의 〈우리는 가족입니다〉 공부 자료인데 "가족은 꼬옥 안아 주는 거야" 이야기를 들려주고 가족에 대해 생각해 보는 시간을 가졌나 봅니다. 그런데 "가족은 꼬옥 안아 주는 거야"라는 말이 눈에 쏘옥 들어옵니다. 참 좋은 말이고, 참 맞는 말이죠. 가족은 이해와 포용이 필요합니다. 아니, 그냥 필요한 정도가 아니라 필수, 즉 반드시 필요하지요.

가정에서 이루어지는 모든 행위는 사랑에 기반을 두어야 합니다. 가족은 사실 이를 위하여 구성된 것이고, 존재하는 것이지요. 그리고 사랑이라는 기초가 늘 있어야 유지, 발전되는 것이 가정입니다.

　요새 부쩍 드는 생각인데요.

　'부모로서 나의 부족함이 가정의 수준을 떨어뜨렸겠구나', '그것이 부부 관계와 자녀 교육에 안 좋은 영향을 미쳤겠구나' 종종 생각해 봅니다. 특히 가문의 수준이라는 것은 '부모가 자녀에게 롤모델이 되었는가'로 결정될 텐데요. '이제 이 가문의 수준을 올리는 데 내가 일조해야겠다' 생각하게 되는 것이죠.

　그게 대단한 것도 아니라는 걸 요즘 많이 느낍니다. 마음의 여유를 가지고 부드럽고 차분하게 가족을 대하는 것이죠. 특히 유머가 중요해 보입니다. 심각해지지 말고 재미있고 여유롭게. 어느 상황에서도요. 그럼으로써 부정적인 태도를 갖지 않는 것.

　이런 마음으로 내가 만들어 낸 편하고 즐거운 분위기가 가정에 엄청나게 긍정적으로 작용하는 것을 자주 느꼈습니다. 이처럼 가정에 변화를 일으키는 일은 나로부터 시작할 수 있음을 알아야겠습니다.

자녀와 함께하면서, 자녀를 양육하면서, 자녀를 도우면서, 자녀를 이끌면서 부모 자신이 성장하게 됩니다. 이것이 가족의 놀라움이죠. 가족은 그래서 함께 성장하는 공동체입니다. 하나입니다. 가정에서 이 공동체 의식을 가지고 살면서 더 나아가 이웃과도 하나 되어 지내는 것이지요. 이로써 공동체가 커지는 것입니다.

그런데 항상 기본 전제는 "가족은 꼬옥 안아주는 거야"라는 것을 잊지 말아야겠습니다. 사랑을 토대로 가족 간에 서로 이해와 포용을 하는 것이죠. 일단 나 자신이 바로 서야겠습니다.

부모는 반드시 자녀의 역할모델이 되어 주어야 합니다. 가정이 작은 사회고 여기서 좋은 가르침을 얻은 자녀는 반드시 사회로 나가 제 몫을 할 것이기 때문입니다.

사랑의 환희

루카스 제이

인간에게 성장이 이루어지는
최고의 순간은?

'사랑을 줄 때.'

사랑을 주면서 우리는 성장한다.

신기한 건 사랑을 줄 때 이미 나는
사랑을 받는 느낌이라는 것.

내가 사랑해 준 사람이 느끼는
그 행복감과 평온함이
나에게 에너지가 된다.

나에게 사랑을 받은 그 사람이

내게 사랑을 준다.

이런 기쁨, 이런 보람이
나를 성장케 한다.

이것은 '사랑의 환희'라고
표현할 만하다.

아빠 나무

초등학교 3학년(글 쓸 당시) 때 쓴 둘째 딸의 시입니다.
제목은 '아빠 나무'.

아빠 나무

정혜리

우리 아빠는 나무.
아빠가 용돈 주실 때는 은행나무.

내가 아빠께 사과드리면
사과나무.

내가 아빠께 밤에 같이 자자고
말하면 밤나무.

우리 아빠는 참 나무 같다.

나무와 같은 아빠가 되고 싶다는 생각을 많이 하는데, "아빠 나무"라는 시를 받으니 정말 더욱 그래야겠다 싶습니다.

나무의 최고의 역할이 무엇인가요?
휴식입니다. 평안하게 해 주고, 편안하게 해 줍니다. 그렇게 나무 아래서 충전의 시간을 갖습니다.

나의 마음밭이 풍요롭고 비옥하며 넓을수록 부모라는 이 나무가 아이에게 더 큰 쉼이 되어 줄 것입니다.

at home 하면 '편안한, 안락한'이라는 뜻입니다. 집이란 이런 곳이어야겠죠. 편안한 곳, 안락한 곳. 곧 집은 쉼이 되는 곳이어야 합니다. 이렇게 집에서 충전이 되어 밖에서 빛이 되는 삶을 사는 것이죠.

부모의 역할이 큽니다. 부모의 사랑으로 집이 사랑의 공간이 되어야 합니다. 따뜻하고 유쾌하고 여유로운 가정. 우리는 집을 이렇게 만들 수 있습니다. 마음만 있으면 됩니다. 이런 집의 힘은 우리의 상상을 뛰어넘을 것입니다.

세상에서 가장 빛나는 기쁨

이 세상에는 여러 가지 기쁨이 있지만, 그 가운데서 가장 빛나는 기쁨은 가정의 웃음이다. 그다음의 기쁨은 어린이를 보는 부모들의 즐거움인데, 이 두 가지 기쁨은 사람의 가장 성스러운 즐거움이다.

– 페스탈로치

살면서 점점 더 잘하고 싶은 게 있습니다. 바로 자녀에게 웃음을 더 많이, 더 자주, 더 환히 보여 주는 것입니다.

그런데 자녀를 볼 때면 웃음이 잘 납니다. 페스탈로치의 말처럼 사람의 가장 성스러운 기쁨 중에 하나가 "어린이를 보는 부모의 즐거움"이기 때문이겠지요.

그럼에도 세상적 사고 및 행동 방식에 길들여진 어른으로서, 또 그 같은 어른들 사이에 있다 보니 메말라진 시선과 관점으로 아이들을 대할 때가 있습니다. 반성하게 됩니다.

가라사대 진실로 너희에게 이르노니 너희가 돌이켜 어린아이들과 같이 되지 아니하면 결단코 천국에 들어가지 못하리라

그러므로 누구든지 이 어린아이와 같이 자기를 낮추는 그이가 천국에서 큰 자니라

또 누구든지 내 이름으로 이런 어린아이 하나를 영접하면 곧 나를 영접함이니

누구든지 나를 믿는 이 소자 중 하나를 실족케 하면 차라리 연자 맷돌을 그 목에 달리우고 깊은 바다에 빠뜨리우는 것이 나으니라

- 성경 마태복음 18장 3~6절

　예수님이 어린아이 같은 자라야만 천국에 들어갈 수 있다고 말씀하신 것은 '어린아이의 겸손'의 태도와 행함을 우리가 가져야 한다는 의미일 것입니다.

　사람은 나이가 들수록 자기 고집이 세지는 경향이 있지요. 그와 반대로 만약 나이가 들수록 어린아이와 같이 겸손해진다면 그 사람의 인생은 절제되며 또한 그로 인해 풍요롭다고 말할

수 있을 것입니다. '절제될수록 풍요로워짐'은 땅이 아닌 하늘의 이치죠.

　어린아이를 있는 그대로 사랑해 주고, 좋은 길로 인도해 주며, 아울러 어린아이와 같은 겸손함으로 가정과 일터에서 임함으로써 웃음을 웃고 웃음을 주는 어른 되기를 소망합니다. 늘 내 마음의 웃음 가운데 답이 있음을 알아야겠습니다.

내가 좋아하는 집

내가 좋아하는 집

정혜리 & 루카스 제이

"나는 우리 집이 싫어요
내가 좋아하는 집은
엄마의 마음"

엄마에게 갑자기 이렇게
말로 시를 쓰는 너

반전이 있어서
재밌기까지 하구나

넌 이미 시인이구나
사랑의 시인
너의 말은 참 예쁘다, 시처럼

사랑을 아는 너
사랑을 주는 너

사랑으로 크고
사랑으로 우리를 키우는
소중한 너, 특별한 너

너에게 집이 되는
크고 밝고 맑고 따스한
마음으로 살아가길 나는 소망한다
이 사랑의 집 안에서 씩씩하고 튼튼하게 자라렴.

둘째 딸이 여덟 살 때 엄마에게 재치 있게 건넨 말에서 비롯된 시입니다.

사랑하는 이에게 좋은 환경과 상황을 만들어 주기 위해 살아간다는 것은 그 자체로 귀한 보람이 되고 기쁨이 됩니다.

헌신이라는 것도 이처럼 기회가 주어져야 가능하다는 사실. 아이는 어른에게 그렇게 귀한 선물이 됩니다.

웃음이라는 축복

루카스 제이

웃음을 볼 수 있다는 건,
웃음을 낼 수 있다는 건
이건 내게도 가족에게도 이웃에게도
축복 그 자체다.

실로 웃음은 모두에게 축제가 된다.

웃음이 주는 그 가볍고 산뜻한 분위기는
유쾌하고 밝으며 따뜻해서
자꾸 더 웃음을 보고 싶고
웃음을 더욱 내고 싶다.

웃음은 우리를 안아 주고 북돋아 준다.

나는 특히 아이의 웃음을 사랑한다.

그 선하고 해맑고 순수한 웃음 앞에서
나는 여지없이 무장해제 된다.

아이의 미소에는 놀라운 힘이 있다.

어른이 아이에게 주는 웃음에도 놀라운 힘이 있다.
그것은 아이의 기를 살리고 아이의 인생을 키운다.

내가 나 자신에게 주는 웃음은 어떨까.
수고한 나에게, 부족한 나에게
웃음은 위로고 회복이며, 수긍이고 자유다.

가끔 거울을 보며 웃는 연습을 한다.
더 밝게 웃고 싶다, 더 편히 웃고 싶다.
기분 좋은 웃음을 나는 사랑한다.

생의 기쁨에서 웃음은 절대 빼놓을 수 없다.
웃음은 인생이 축복임을 증명해 준다.

얼굴 찌푸리지 말아요 모두가 힘들잖아요

대화란 서로 간의 의중(意中, 마음속)을 알 수 있어야 비로소 성립합니다. 마음을 숨기거나 마음을 왜곡하면 온전한 대화가 이루어지기 어렵습니다. 진심으로 상대방을 위하고, 진심으로 상대방을 대한다면 대화의 질은 높아질 것입니다.

어른과 어른 간의 대화는 이와 더불어 서로 지니고 있는 편견이나 고정관념을 내려놓는 것이 필요합니다. 각자 살아온 경험과 환경이 다르니 편견과 고정관념이 알게 모르게 쌓여 있을 수 있기 때문입니다.

말을 할 때는 과장(오버)하지 않는 것이 중요합니다. 군더더기는 빼고요. 한마디로 단순하고 소박한 게 좋습니다.

어른이 아이와 대화할 때는 특별히 몇 가지 유의할 것이 있습니다. 특이하게 〈하루 3분 목펌핑〉이라는 건강서에서 이에 대한 내용을 보았는데 굉장히 유익해 보여 함께 나눕니다.

의미를 바로 파악할 수 있고(즉효성), 짧고(단시간), 이해하기 쉽고(간단), 기분이 좋아야(쾌적함) 아이들은 어른의 말을 받아들입니다.

– <하루 3분 목펌핑>(나가이 다카시 지음, 강다영 옮김)

아이에게는 쉬운 말로 간단하게 하는 것이 중요합니다. 듣기 싫은 잔소리처럼 자꾸만 반복해서는 안 되겠죠. 짜증 내거나 화내지 않고 말하는 것 또한 매우 중요합니다.

어른 사이의 대화에서도 그렇지만 유머와 웃음을 잃는 순간 그 대화는 마치 뭉친 목처럼 되어 대화하는 쌍방의 전신을 피로하게 합니다. 사랑을 듬뿍 주어야 하는 아이들에게는 더욱더 그렇죠. 그러니 목에 힘을 빼고 여유를 가져야겠지요.

어른이란 유머와 웃음의 기술이 한층 더 발달한 존재여야 하는데 과연 그런지 돌아볼 일입니다. 웃을 일투성이인데 뻣뻣한 목에 찡그린 표정을 하면서 살지는 않는지 말입니다.

〈얼굴 찌푸리지 말아요〉라는 동요의 가사는 아이뿐 아니라 어른에게도 그대로 적용되는 사실적이고 마음 따뜻해지는 가사입니다.

얼굴 찌푸리지 말아요

최창언 작사, 작곡

얼굴 찌푸리지 말아요

모두가 힘들잖아요(힘들잖아요)

기쁨의 그날 위해 함께할

친구들이 있잖아요

혼자라고 느껴질 때면

주위를 둘러보세요(둘러보세요)

이렇게 많은 이들 모두가

나의 친구랍니다

우리 가는 길이 결코 쉽진 않을 거예요

때로는 모진 시련에

좌절도 하겠지만

우리의 친구들과 함께라면

두렵지 않아

우린 모두 함께 손을 잡고

원투 원투쓰리포

워밍업

루카스 제이

운동 전에 워밍업이 필요하다.
관계에도 워밍업이 필요하다.

마음의 준비, 말의 준비, 행함의 준비.
따뜻한 사람이 되는 길, 워밍업.

또또와 규리

어제는 크리스마스였습니다. 애석하게도 예전과 달리 길거리에서 크리스마스 분위기는 거의 찾아볼 수가 없죠. 먹고살기 힘든 분위기가 갈수록 짙어진다고 볼 수 있으니 더더욱 안타까운 일입니다.

저는 가족과 한 복합 쇼핑몰을 찾았는데요. 한쪽에서 다양한 인형을 많이 갖다 놓고 싼 값에 팔고 있더라고요. 딸이 둘이라 로봇보다는 인형에 눈길이 가는데요. 실제로 딸들에게 인형을 가끔 사 주면서 저 스스로도 행복해합니다.

제가 선물한 인형들 중에 특히나 아이들이 마음에 들어 하는 인형들이 있습니다. 그러면 그 인형들에는 이름이 지어지지요. (둘째 딸이 대부분의 인형을 자기 방 침대에 놓고 관리해서 집에서 '인형 관리사'라고 부르기도 하는데, 귀엽게도 모든 인형에게 각자에게 어울리는 이름을 지어 주었습니다.)

첫째 딸이 태어난 다음 날인가 산부인과 근처 문구점에서 데

려온 인형은 지금 우리 집 인형들 중에서 가장 많은 사랑을 받고 있습니다. '또또'라는 이름이 지어진 이 인형은 첫째 딸 품에서 잠듭니다. 둘째 딸도 언니를 따라 가장 마음에 드는 인형을 택해 '규리'라는 이름을 지어 주고 좋아합니다. (책 표지에 있는 또또규리 출판사의 로고가 바로 이 '또또'와 '규리'의 뒷모습을 아내가 그린 것입니다.)

저의 취향으로 산 인형들 중에서 그렇게 딸들의 마음에 쏙 들어 많이 데리고 다니면서 많은 관심을 주는 것을 보면 재미있기도 하고 행복하기도 합니다.

신기한 것은 아이들이 '또또'와 '규리'를 좋아하니 저도 그 인형들이 제일 예뻐 보인다는 겁니다. 소중하고 각별하게 느껴지죠.

사람 사이도 그런 것 같습니다. 우리가 누구의 이름을 불러 주고 그에게 관심을 주면 다른 누군가가 또 그 사람의 이름을 불러 주고 관심을 줍니다. 그렇게 하나의 존재가 부각되고 사랑받습니다.

김춘수의 시 〈꽃〉에서 "내가 그의 이름을 불러 주었을 때 그는 나에게로 와서 꽃이 되었다"고 했을 때 '꽃이 된다'라는 것은 바로 존재감을 알아주는 것이겠지요. 사랑을 해 주는 것입니다.

다른 인형들 중에서 그렇게 특별한 관심과 사랑을 받게 된 '또또'와 '규리'는 인형을 넘어 사람대접 받으며 아이들에게 행복을 선사합니다.

그걸 보니 우리가 사람들에게 관심과 사랑을 준다는 것이 그렇게 하는 자기 자신에게는 행복한 일이고, 관심과 사랑을 받는 그 사람에게는 자신감과 자존감을 올려 주는 소중한 일이라는 생각이 들었습니다.

그렇게 관심과 사랑을 받게 된 사람이 또 다른 사람에게 관심과 사랑을 주겠지요. 그렇게 각각의 존재들이 부각되어 저마다 각자의 빛을 발하고 서로에게 빛을 비춰 주는 삶이 우리네 바람직한 세상살이일 것입니다.

그러므로 더 따뜻하게 이름을 불러 주고, 더 각별하게 대해 주어야겠습니다.

4장

아이와 함께할 때 필요한 지혜

부모의 체감시간

시간은 누구에게나 동일한 양으로 주어지지만, 질적으로 다르게 사용하면 양도 달라질 수 있습니다. 체감지수, 체감온도처럼 '체감시간'이 달라지는 것이죠.

아이와 시간을 보낼 때면 자주 미안합니다. 바로 아이와 함께하는 그때, 그 체감시간에 대해 저 스스로 만족하지 못하기 때문입니다. 쉽게 말해 아이에게 잘 못해 주는 것이죠.

아이는 당연히 금방 느낍니다.

'아빠가 나에게, 나와 함께하는 것에 집중해 주면 좋겠는데…'

아이가 자라서 부모보다 친구들과 함께 시간을 보낼 때가 되어서야 비로소 아이와 함께했던 시간이 너무 부족했음을 안타까워하는 부모가 그리도 많은 걸 알면서도 '피곤하다, 다른 할일이 있다, 재미없다, 신경 쓸 다른 일이 있다' 등등 갖가지 이유로 이도 저도 아닌 시간을 아이 앞에서 보낸 적이 많습니다.

어제는 둘째 딸(글 쓸 당시 5세)과 레고를 하면서 집중을 해 보았습니다. 둘이서 집을 함께 만드는데 뭘 만드는지, 왜 그렇게 만드는지, 만든 게 어떤지 이 얘기 저 얘기를 하고, 사진도 찍고, 잘 만들었다 칭찬도 하면서 시간을 보냈는데 체감시간이 조금 올라간 것 같더군요.

요새는 두 딸이 시간을 같이 보내기를 원하면 그 시간에 집중을 하려고 애씁니다. 그 전에는 대부분 피곤하다는 이유로 잘되지가 않았죠. 그래서 누구나 그렇지만 부모는 건강 관리가 필수입니다.

물론 아직도 서투르고 모자라지만, 점점 더 나은 시간을 아이들과 함께 보내기를 바랍니다.

아이들이 자라 가는 그 각각의 시기에 부모가 해줄 역할은 참으로 많습니다. 단지 시간을 많이 보내느냐, 적게 보내느냐가 아니라 아이에게도, 부모에게도 '함께함의 체감시간'이 길어야겠습니다.

부모가 아이에게 집중했을 때 아이는 벌써 표정과 표현에서 만족을 나타냅니다. 그리고 혼자만의 시간을 더 잘 보냅니다. 그렇게 아이는 부모와 함께하는 시간만큼 잘 자라나 봅니다.

함께하는 그 시간만큼 소통하고 관계하면서 생각과 관심을 키워 가니까요.

함께할 줄 알아야 혼자 있을 때도 잘 사는 것이 우리 인생 같습니다.

아이가 부모와 함께하기를 원하는 때는 인생 전체를 놓고 보면 상당히 짧습니다. 가장 중요한 것은, 아이와 시간을 보내는 게 무슨 의무감 때문에 하는 것이 아니라 부모가 아이와 대화하면서 서로 더 친근해지는 과정이라는 점을 놓치지 말아야겠다는 것이지요.

아이와 집중해서 시간을 보내면 부모에게도 즐겁고 유익하다는 걸 체감하게 됩니다. 아이가 자라는 만큼 부모도 자라는 것이죠. 이것이 가족의 동반 성장이겠지요.

'체감시간 향상'은 자녀 교육과 가족 관계의 질을 동시에 높이는 매우 유익한 길입니다. 그 유익함은 아이가 자라서 어른이 되어서도 마찬가지로 작용합니다. 부모는 그 기본을 지금 마련하고 있는 것입니다. 아이가 어릴 때 아이에게 잘하면 나중에 아이가 커도 짧은 시간에도 많은 것을 공감하는 '좋은 부모-자녀 사이'가 될 것입니다.

"몇 살이야?"

어린아이들이 모여 있는 놀이터에 가면 쉽게 만날 수 있는 장면이 있습니다.

"너 몇 살이야?"

"너 몇 학년이야?"

나이가 몇인지 꽤나 자주 물어보는 한국 사회에서 자라고 배운 티가 말본새에 고스란히 묻어나 있죠.

아이들은 이렇게 나이를 확인함으로써 서로 누가 위이고 아래인지를 판가름합니다. 나이 확인 수순을 밟고 나면, 나이가 많거나 학년이 높은 아이의 말투부터 달라지죠.

저는 소위 '빠른년생'인데요. 빠른년생이란 2002년 이전에 태어난 사람 중에서 1, 2월에 태어나 초등학교 입학 시기가 애매한 경우 동급생들보다 1년 빠르게 학교에 입학한 사람들을 가리키는 말입니다(네이버 오픈사전).

저는 1976년 1월 10일생인데 해를 넘기는 그 열흘 차이로 인해, 그렇게 나이를 중시하는 한국 문화 속에서 이 집단 저 집단에서 애매할 때가 있었습니다. 누구누구가 서로 친구인지를 가를 때 저의 존재가 그걸 애매하게 만들어 버리는 것이죠. (물론 지금은 '한국 나이'가 사라지고 '만 나이'로 통일하면서 빠른년생 관련한 피로도가 확 줄었습니다.)

저는 첫 수능 세대인 94학번인지라 나름 상징성이 있다고 생각해서 학번을 맞춰서 친구 관계를 맺기를 원하는데(75년생처럼 되고 싶은 마음이 물론 가장 크겠죠), 아무튼 나이가 들면서 나이를 따지는 이 한국 문화의 단점이 눈에 많이 들어오더라고요. 그래서 가급적 나이 차이가 나든, 나지 않든 동등하게 대하려고 합니다. 물론 살아온 날이 더 많은, 나보다 연배가 위인 분들에게는 더 예의 있게 행동해야겠죠.

그런데 저는 제가 나름대로 나이에 대해 합리적인 사고방식을 갖고 있다고 생각했는데, 저 역시 한국 특유의 '나이 문화'를 조장하고 있구나 싶은 때가 많더라고요. 주로 아이들에게 "몇 살이니?" 하면서 대화를 시작할 때가 그렇습니다. 어찌 보면 저 같은 어른들의 대화법에 길들여진 아이들은 어른 빼고 자기들끼리 모여 있어도 나이를 따져 물을 수밖에 없을 겁니다.

어제도 아무도 없는 놀이터에 둘째 딸과 나갔다가 그네를 타고 있는데 역시 그네를 타러 온 아이와 그 엄마를 보고 처음으로 건 말이 "몇 살이에요?"였으니 나이를 묻는 게 단단히 습관이 되었나 봅니다.

또한 무슨 모임이 만들어지면 서로 나이를 확인하는 데 동참합니다. 무슨 서열이라도 매기듯이 말이에요.

나이를 확인하는 순간, 그 전에는 존재하지 않았던 '위아래 사고방식'이 마음에 생기기 시작하니 소통하고 공감하는 데 지장이 갈 수 있겠죠.

물론 그 같은 마음이 생기지 않는다면 괜찮겠지만, 우리나라는 반말과 존댓말이 엄연히 존재하니 누구는 반말하고 누구는 존댓말 하면서 괜히 서로 간에 벽이 생깁니다.

아이들 여럿이 있을 때 나이를 물어보면 동갑인 아이들에게는 "친구네?" 하며 서로 편하게 지내라고 말하지만, 나이 차이가 나면 "형이네, 동생이네" 하며 위아래 구분을 짓고 맙니다. 둘은 그때부터 어색해집니다.

돌아보니 이렇게 자랐으니 어른이 되어서도 그렇게 나이를 따지나 싶습니다. 그래서 가끔은 이름 부르며 동등하게 대화할 수 있는 서양이 부럽기도 합니다. 물론 존경의 표현을 할 수 있는 존댓말이 따로 있는 우리말의 장점은 분명 있습니다. 그러나 수평적 커뮤니케이션을 잘하려면 때와 상황에 맞게 존댓말과 반말을 잘 분별하여 사용할 줄 알아야겠죠.

아무튼 나이부터 따지는 문화는 바람직해 보이지 않습니다. 대화의 범위를 좁히니까요.

우선 아이들에게 나이부터 묻는 우리 어른들의 화법부터 바꿔 보면 어떨까요?

글쎄요, 무슨 말로 말을 걸어야 할까요?

수많은 대화의 가능성이 생기는 느낌입니다.

사랑하는 사람에게 할 수 있는 가장 나쁜 일

사랑하는 사람에게 할 수 있는 가장 나쁜 일은 바로 그들이 할 수
있고 해야 할 일을 대신해 주는 것이다.

— 에이브러햄 링컨

어린아이와 어르신을 케어할 때 동일하게 적용되는 지침이
있죠. 바로 '그들이 하게 해 주어야 한다'는 것입니다. 어린아이
와 어르신 모두 그들이 직접 활동하게끔 기회를 주어야 한다는
겁니다.

스스로 할 수 있는 어린아이에게 밥을 손수 떠먹여 주고, 거
동이 가능하신 어르신에게 그저 편히 누워 계시게 하는 것은
케어가 아니라, 링컨의 말을 빌리면 그들에게 가장 나쁜 일을
하는 것입니다.

그리고 보면, '의도적인 무대응'이 오히려 어린아이와 어르신
에게 가장 좋은 일일 수 있는 거죠.

어린아이와 어르신뿐인가요? 우리 모두가 그렇습니다. 우리

모두에게는 물고기를 잡아 주는 사람이 아니라, 물고기 잡는 방법을 가르쳐 주는 사람이 필요합니다.

　나부터가 챙겨 주고, 대신해 주기보다는 '질문을 하고 기회를 주는 리더십'을 배워야겠습니다.

부모와 자녀의 마음속 거울

만남을 가질 때 유달리 대화와 관계가 쉽지 않은 때가 있죠. 자격지심과 이기심, 무관심이 나올 때입니다. 그래서 '공감능력'이 중요합니다. 공감능력을 '마음속 거울'이라고 하죠.

타인의 얼굴이나 몸짓에 떠오른 감정을 읽는 그 순간부터 공감이 시작된다고 하는데, 예를 들어 아이가 아프면 엄마가 아픈 이유가 여기에 있습니다.

그런데 인간이 이렇게 되는 이유가 과학적으로 밝혀졌죠. 자신과 타자 사이의 장벽을 없애 주는 감정이입세포인 거울뉴런(Mirror neuron)이 우리 뇌에 존재하고 있음이 밝혀진 것이죠. 거울뉴런은 뇌의 한 곳이 아니라 세 곳에 분포해 있어서 서로 신호를 주고받으며 정보를 처리하여 지각한 행동의 의미를 파악한다고 합니다.

이는 인간이 함께 느끼며 살아가도록 사회적 존재로 만들어 졌음을 보여 줍니다. 인간은 내 머릿속에서 거울처럼 반영되는 상대의 마음을 읽을 수 있고, 이를 통해 타인과 교감하며 살아가도록 만들어진 것입니다.

만약 공감능력이 떨어진다면, 우리는 이 거울뉴런을 사용하고 있지 않은 것입니다. 공감능력이 떨어진다고 해서 좌절할 일이 아닙니다. '공감훈련'을 하면 됩니다.

어른이라고 늦은 것이 아닙니다. 상대방이 나에게 말하고자 하는 것, 상대방이 나에게 보이고자 하는 마음, 상대방의 입장, 그리고 가장 중요하게는 상대방 그 자체에 대해 관심을 가지고 이해하려는 과정이 필요합니다.

생각보다 마음으로 우선 그렇게 해야 합니다. 그렇기 때문에 물론 이것이 잘되려면 나의 마음부터 다스려야 합니다. 나의 마음이 삐딱하면 남의 말이 삐딱하게 들리는 법이니까요.

그런데 공감능력은 저절로 키워집니까?
인간사가 모두 관계로 이루어진다고 보면, 우리는 태어나면서부터 평생 '공감훈련'을 받아야 합니다.
보통 가정에서 '공감훈련'이 제대로 이루어지지 못했을 경우 성인이 되어서도 공감능력이 떨어집니다.

그런데 아이들은 상대방의 마음을 읽기 전에 자신의 마음부터 읽혀야 합니다. 누가 읽어 줍니까? 당연히 부모죠. 내 마음을 많이 읽혀 본 아이가 남의 마음을 많이 읽게 되는 건 당연한 일이지요.

인스타그램을 보다가 "마음을 읽는다는 것을 '생각'으로 오해하면 안 된다"는 말을 들은 적이 있습니다. 생각 이전에 마음으로 느껴야 한다는 것입니다. 예컨대 아이의 말을 생각으로 읽어 줄 일이 아니라, 그 아이의 감정을 내 마음으로 느껴야 한다는 것입니다. 그래야 그 아이가 화날 때든 슬플 때든 그 감정에 공감할 수 있게 되겠지요. 그러므로 마음을 읽는다고 할 때 생각보다 마음이 먼저임을 늘 인지하고 있어야겠습니다.

그렇다면 공감훈련으로 구체적으로 무엇을 하면 좋을까요?

가장 중요한 것! 관계 속에서 내 마음을 표현할 줄 알아야 합니다.

"네가 이렇게 해 줘서 행복해. 고마워."
"난 지금 이렇게 하고 싶은데."

관계 가운데 상대방의 마음을 느꼈다면 대신 그 마음을 표현해 줄 수 있어야 합니다.

"네가 힘들었겠구나. 고민이 많겠구나."
"고생했다. 축하해."

'상대방의 존재의 소중함을 늘 염두에 두고 살아가는 것'이 공감의 원천이겠지요. 물론 이렇게 타인의 존재를 소중하게 생각하는 사람들은 자기 자신 또한 소중히 여깁니다. 사실 너와 나, 곧 인간 자체에 대한 애정이 마음 중심에 자리를 잡고 있는 것이지요.

나를 알려야만 산다고 하는 이 시대에, 우리가 남을 알아주는 공감능력이 떨어지지는 않을까 경각심을 가져 봅니다. 관계가 인생의 본질인 인간에게는 공감능력이야말로 가장 필요한 능력이니까요.

하다못해 무인도에 낙오된 사람조차도 공감할 상대를 찾기 위해 물건과 가상의 대화를 하기도 할 겁니다. 마치 영화 〈캐스트 어웨이〉에서 보면 비행기에서 떨어져 표류하다 무인도에 고립된 톰 행크스가 배구공 '윌슨'을 친구 삼아 고독을 달래고 생존해 나가듯이요.

　자격지심과 이기심, 무관심으로 관계를 맺으면, 즉 공감능력
이 떨어지면 상대방이 하는 말에 상처를 잘 받고, 화를 잘 냅
니다. 물론 다른 사람들이 상처를 주지 않거나, 화나게 하지 않
는다는 말이 아닙니다. 경우가 없고, 수준이 낮고, 상식이 없는
이들이 있죠. 그러나 이렇게 경우 없고, 수준 낮고, 상식 없는
이들과 다투려 든다면 우리의 일상은 싸움으로 점철되고 말 것
입니다.

　이러한 사람들을 대할 때는 오히려 우리가 정말 그들에게 관
심을 가지고 있는지부터 생각해 볼 일입니다. 오히려 상대방에
게 무관심할 때보다 상대방에 대해 관심을 갖고 공감을 할 때
에 우리는 비로소 너그러워지고 여유로워질 것입니다.

　상대방이 뜬금없는 언행을 했을 때 '뭔가 컨디션이 좋지 않
구나', '그럴 만한 이유가 있겠지'라고 넓게 생각할 수 있다는 겁
니다. 그러면서 무슨 아픈 일, 슬픈 일이 있나 더 관심을 가지는
것입니다. 이러면 '화낼 일'이 아니라, '안을 일'이 됩니다. 소리
지를 일'이 아니라, '듣고 나눌 일'이 됩니다.

매 순간이 공감훈련의 장입니다. 인간은 한시도 빠짐없이 관계성을 지니고 살아갑니다. 인간(人間)의 의미가 '사람 사이'이듯이 인간은 서로서로 사람을 느끼며 살아가야 비로소 진정한 인생을 살 수 있는 존재입니다.

공감훈련을 통해 높인 공감능력으로 형성한 공감대의 크기만큼 우리는 관계를 형성하며 살아가게 됩니다. 그리고 그렇게 형성된 관계만큼 기쁨과 슬픔을 함께 나눕니다. 그게 딱 그 사람이 살아가는 인생의 크기, 세상의 크기입니다.

우리는 가정에서부터 공감훈련을 계속함으로써 '세상을 크게 사는 인생'을 추구해야 합니다. 지능지수니 하는 것도 공감능력 없이는 백해무익할 뿐이니까요.

그러므로 가정에서는 우선 부모부터 공감하는 삶을 살고 있는지 살펴볼 일입니다. 바쁘다고, 힘들다고 나만 알고 사는 건 아닌지 반성할 일입니다.

자녀를 양육할 때도 '공감훈련'을 함께하고 있는지 돌아볼 일입니다. 특히 자녀와 대화하지 않고 지시를 내리거나, 찬찬히 살펴보지 않고 화부터 내거나, 차분하게 대응하지 못하고 조급하게 구는 부모라면 깊이 반성하고 숙고해야 합니다. 내 아이의 대학 입시 성적에 골몰하여 자녀 교육의 본질을 잘 보지 못하는 한국 부모들은 공감훈련과 관련해 더 자기 성찰을 해야 합니다.

공감훈련은 부모의 책무임을 잊지 말아야겠습니다. 수시로, 무시로 부모 자신뿐만 아니라 자녀가 공감능력이 발달돼 가고 있는지 심도 있게 체크해 봐야겠습니다.

'그 사람 기분이 어떨까?'
'그 사람 입장이 어떨까?'
'그 사람 상태가 어떨까?'

부모부터 자기 마음속 거울을 바라보며 물을 일입니다.

그런즉 너희는 차라리 저를 용서하고 위로할 것이니 저가 너무 많은 근심에 잠길까 두려워하노라 그러므로 너희를 권하노니 사랑을 저희에게 나타내라

- 성경 고린도후서 2장 7~8절

사랑이 모든 두려움을 이깁니다. 공감훈련은 근본적으로는 '사랑훈련'이지요. 진정한 사랑이 필요한 시대입니다.

사회적 참조가 부족한 세상에서

발달심리학에는 사회적 참조(Social referencing)라는 개념이 있습니다. 사회적 참조란 '상황에 대한 타인의 해석을 이용하여 자신의 해석을 구성하는 과정'을 말하는데, 예를 들면 유아가 엄마가 무언가를 보고 놀라면 같이 놀라는 식입니다. 이를 보면 부모의 평안이 자녀의 평안을 만든다고 보아야겠지요.

이것은 인간이 어려서부터 타인의 감정을 살피게 된다는 것을 보여 줍니다. 특히 애착 관계를 형성하고 있는, 자신에게 중요하고 가장 가까운 사람의 감정을 살피게 되지요. 만약 가정에서 이렇게 상대방의 감정을 잘 살피도록 관계를 맺는다면 공감 능력이 좋은 사람으로 성장해 나갈 것입니다.

공감 능력은 자신과 타인의 성장과 행복에 필수적입니다. 이것은 기계적으로 학습하는 것이 아닌, 마음으로 느끼고 나누는 것이지요.

저는 두 딸을 보면 자연 웃음이 나와서 웃기도 하고, 하루를 시작하거나 하루 중간중간에 자녀를 만나게 되었을 때 활짝 웃어 줍니다. 물론 정말로 웃음이 나옵니다. 두 딸을 보면요. 제가 이렇게 웃음으로 자녀를 바라보고 대하면 자녀도 기분이 좋아집니다. 저는 이것이 사람의 에너지라고 여깁니다.

밖에서도 이 마음으로 사람들을 대하면 좋겠습니다. 서로서로 웃음의 사회적 참조를 하면서요. 그렇게 우리 인생이란 같이 사는 것이고, 서로를 위해 사는 것임을 알면 좋겠습니다. 그것이 좋은 인생, 바람직한 인생임을 알고 살면 좋겠습니다.

지금 우리 사회는 사회적 참조가 부족해 보입니다.

네가 힘들면 나도 힘들고, 네가 아프면 나도 아프고, 네가 슬프면 나도 슬프고, 네가 기쁘면 나도 기쁘고, 네가 설레면 나도 설레고….

이렇게 사는 삶을 소망합니다. 이런 삶을 살면 좋겠지만 상황과 환경이 녹록지 않아 외롭고 괴로운 사람들을 위해 마음을 내어 주며 살면 좋겠습니다.

아이가 울 때면

아이가 울 때면

루카스 제이

아이가 울 때면
안절부절못하거나
스트레스 받지 말아요

그 작은 아이의 마음을
어른이 읽어 주지 않으면
누가 읽어 줄까요

그 작은 아이에게 화내지 말아요
소리치지 말아요 다그치지 말아요

나의 마음을 낮추고 나의 키를 낮추어
그 작은 아이의 마음을 들여다보아요

아이가 울 때면
그렇게 관심 주고 마음 나눌
따뜻한 기회로 삼아요

그렇게 아이의 마음이
튼튼하게 자라는 것을
도와주는 어른 되기를

아이가 울 때면.

　우는 아이를 보고 나오는 태도를 보면 좋은 어른인지, 그렇지
않은 어른인지 알 수 있습니다. 아이가 울 때는 관심이 필요한
때입니다. 사랑이 필요한 때입니다.

배드민턴

배드민턴

루카스 제이

네가 잘 받을 수 있게 주고
네 공은 내가 잘 받아 줄게
그렇게 품이 큰 어른이 되어
어느 때든 널 받아 주고 싶다.

아내와 두 딸과 배드민턴을 가끔 칩니다. 이제 배우는 중인 두 딸에게는 배드민턴을 즐겁게 배워 나가도록 돕고 싶습니다. 아무래도 배드민턴은 호흡을 맞춰 가는 재미가 있어서 중간에 끊기면 공 주우러 다니다가 맥이 빠지기도 하지요.

저는 그래서 아내와 두 딸이 잘 받도록 패스해 주고, 공이 다른 데로 가도 신나게 달려가 받아 줍니다. 그렇게 하다 보니 아이들도 상대방이 잘 받도록 공을 주고, 다른 데로 공이 가도 열심히 받아 보려 합니다.

즐겁게, 열심히 배드민턴을 치다 보니 인생도 그런 것 아닌가 싶습니다. 서로 즐겁게, 열심히 패스하고 받아 주며 즐기고 배우는 과정이지요. 그러니 배드민턴에서든 인생에서든 '품 넓은 사람'이 되고 싶습니다. 언제든 받아 줄 수 있는.

젠틀맨

루카스 제이

마음을 알아주고
마음을 위해 주는.

기가 막히게 아름다운 패스

두 딸과 〈골 때리는 그녀들〉을 즐겨 봅니다. 2021년 방송을 시작했을 때부터 지금까지 본방 사수하며 그들의 열정과 성장을 두 딸과 함께 지켜보고 응원해 왔네요. 축구가 그렇게 매력이 있어 보여서 가볍고 좀 푹신한 축구공을 사서 가족이 함께 패스도 하고 아파트 기둥을 골 포스트 삼아 슛도 날리고 막으며 놀았지요. 공을 찰 때만큼은 두 딸도 열정의 '골때녀'입니다.

축구는 각자의 포지션이 있고 또 각 선수마다 잘하는 것, 능숙한 것이 있지요. 이런 각기 다른 포지션과 스타일의 선수들끼리 패스를 주고받고 슛을 날리는 장면은 일종의 몸으로 하는 예술과도 같아 보입니다. 특히 티키타카처럼 자연스럽게 주고받는 패스는 아름답기까지 하지요.

축구에서 상대편의 수비를 절묘하게 통과해 골로 연결시키는 패스를 '킬러 패스'라고 합니다. 이 킬러 패스가 득점력 높은 선수에게 연결되면 멋진 골이 만들어지죠.

골로 성공시킨 선수도 대단하지만, 날카로운 패스를 해준 선수도 대단합니다. 이것이 협력(協力)의 위대한 힘입니다. 사람들은 저마다 장점과 장기가 다른데, 적절한 패스를 적절한 시점에 받으면 굉장한 탄력을 받아 큰일을 해낼 수 있습니다.

이를 위해서는 서로 각자의 장점과 장기를 알아보는 것이 중요하죠. 또한 내가 나서야 할 때와 다른 사람이 나서야 할 때를 잘 구분해야 합니다.

인생을 살다 보면 득점 능력보다 패스 능력이 훨씬 더 귀하고 중하다는 것을 절실히 느낍니다. 그리고 내가 골을 넣었을 때의 짜릿함 못지않게, 남에게 기막힌 타이밍에 도움을 줬을 때 큰 기쁨을 맛봅니다.

특히 가정은 골 득점력보다는 패스의 역할이 굉장히 중요합니다. 부부간에, 부모-자녀 간에, 자녀들 간에 시의적절한 패스가 자주 오가야 합니다. 그러다 보면 그 가정의 골 득점력은 놀라우리만치 상승할 것입니다.

공격을 위한 패스와 수비를 위한 패스가 때에 맞게 아름답게 이루어지는 가정. 잘될 때나 힘들 때나 시원한 공격과 탄탄한 수비가 가능한 전천후 가정입니다. 우리가 지향해야 할 '강력한 원팀 가정'의 모습이겠지요.

오늘부터 배우자에게, 자녀에게 '기가 막히게 아름다운 패스'를 해 볼까요?

지난날을 회고하며

나는 각계의 유명인사를 대상으로 유아기의 체험을 듣는 "유아기의 회고"라는 기사를 어떤 잡지에 연재한 적이 있다. 그런데 그들의 이야기를 듣고 어떤 공통된 사실을 발견했다. 그들은 어릴 때부터 되풀이하여 "너는 머리가 좋다", "너는 장래에 위대한 사람이 될 것이다"라는 말을 들으며 자랐다는 것이다.

        – <머리 좋은 아이로 키우는 기술>

        (다코 아키라 지음, 김종옥 옮김)

자기 스스로가 자기 자신에 대해서 긍정적, 건설적으로 생각하게끔 격려해 주는 부모의 '결정적' 한 마디가 중요합니다. 어느 아이든 잠재력이 있기 때문에 그 잠재력을 일깨워 주는 말을 해 주는 것이죠.

저는 언어를 좋아했는데, 특히 영어 공부는 알아서 많이 했습니다. 버스 타고 고등학교 다닐 때는 버스 안에서도 영어사전을 봤는데, '그냥' 그렇게 했습니다.

첫째 딸을 키우는데 무엇에 재능이 있나 관심을 갖고 지켜보니 언어 감각이 좋았습니다. 아기 때부터 가급적 조리 있고 명확하게 말을 해 주려고 했는데 그것도 영향을 끼치지 않았나 싶습니다.

그리고 자주 "혜민이는 언어 감각이 좋아"라고 말해 주었습니다. 그 말(바람)대로 아이는 말과 글을 간결하고 깔끔하게 다룰 줄 알더라고요. 영어를 시작하고 나서는 스스로 영어 공부를 하는 아이를 보고 적잖이 놀랐습니다. "혜민이는 영어를 좋아하는구나", "혜민이는 영어를 잘해", "혜민이는 알아서 영어 공부를 하네"라고 말해 주었습니다.

감사한 일이죠. 현재 초등학교 3학년(글 쓸 당시)인 첫째 딸은 계속해서 알아서 영어를 공부하고 있습니다. 시험 준비도 스스로 알아서 하고, 만점 맞고 스스로 뿌듯해하고 부모에게 칭찬도 받습니다. 선순환이 이루어지고 있습니다.

이러한 선순환의 감사한 경험으로 인해 자녀에게 "너는 머리가 좋아", "너는 큰 인물이 될 거야"라는 말을 해 주는 것이 굉장히 중요하다는 〈머리 좋은 아이로 키우는 기술〉 저자의 말에 '맞아, 맞아' 하며 고개가 끄덕여집니다.

두 딸에게 말해 줍니다.

"하나님이 주신 재능으로 이 세상을 위해서, 사람들을 위해서 큰일을 하게 될 거야."

두 딸이 자신의 재능을 발견하고 그 재능으로 귀하게 쓰임받기를 바라는 마음을 담은 말입니다.

일이, 일터가 크고 작은가는 상관이 없죠. 그저 그게 무엇이든 자신만의 재능을 발휘하며 큰마음으로 세상을 위해 살기를 바라는 마음입니다. 부모는 자녀에 대한 이 소망의 한마디를 믿음을 가지고 자녀에게 해 주어야 합니다.

부모는 우선 자녀가 무엇에 재능이 있나 꾸준히 살펴봐야 합니다. 그리고 그 재능을 살릴 수 있도록 잠재력을 일깨워 주는 믿음의 한마디를 해 주어야 합니다.

각 가정의 자녀들이 성인이 되어 유아기를 회고할 때 부모님이 해 주신 그 믿음의 한마디를 기억하며 그 믿음대로 성장한 자신의 모습을 바라보게 되기를 소망하게 됩니다.

특별한 사람들

어린 자녀를 둘(글 쓸 당시 각각 10세와 5세) 둔 부모로서 애니메이션 영화를 즐겨 봅니다. 애니메이션 영화 중에서도 스토리 구성이 탄탄한 것들이 있는데 그 가운데 하나가 〈주토피아〉입니다.

여린 이미지의 토끼 주디가 경찰의 꿈을 품고 고생고생해서 주토피아에 입성합니다. 하지만 주토피아에서는 주디의 이 특별한 꿈을 잘 받아들여주지 않죠.

여우와 토끼가 함께 살아가는 이 주토피아에서 주인공 주디는 '포식자와 먹잇감의 구분이 없고 각자가 자신만의 꿈을 펼치며 행복을 함께 누리는 편견도 차별도 없는, 희망과 공존의 세상'을 꿈꿉니다.

그리고 주디는 우여곡절 끝에 여우 친구 닉 와일드와 함께 편견과 차별을 깨뜨리며 자신의 원대한 꿈을 펼쳐 나갑니다.

어제는 몇 번째인지는 모르지만 또다시 〈주토피아〉를 보게 되었는데요. 순간, 주디의 이 대사가 귀에 박혔습니다.

"서로가 서로를 이해하려고 하면 할수록 우리는 더 특별해질 겁니다."

우리는 보통 내가 나를 알고, 내가 나를 성장시키면 나 자신이 특별해질 것이라고 생각합니다. 물론 그럴 수 있습니다. 그러나 그 특별함이 자신만을 위한 것이라면 그것은 참으로 안타까운 일이 아닐까요? 단지 나 자신을 내세우기 위해서, 남과 비교해 가며 우월감을 갖기 위해서 특별해지려고 한다면 말이에요. 그렇다면 그 특별함이란 것이 과연 진정 특별한 가치가 있는 걸까요?

반면에 이웃과 함께할 때 우리는 각자의 특별함을 발견하게 됩니다. 그 개개인의 특별함은 다름 아닌 개개인의 '소중함' 때문이겠지요. 실은 각자는 모두가 다 소중한 존재라 모두가 다 특별할 수밖에 없습니다.

사람들끼리 생활하고 일하다 보면 인간 존재 자체의 특별함 외에도 그 사람만의 성격, 취향, 재능의 특별함이 발견되고 발전됩니다.

나 혼자 되는 게 있을까요?

시대가 바뀌어 많은 사람들이 상처받지 않기 위해 스스로를 지키고, 너와 나의 선을 지켜야 한다고 강조합니다. 물론 그것은 배려와 예의 차원에서 당연하고도 중요한 이야기이지만, 자칫 나 자신에게만 갇히는 삶이 되지는 않을까 싶어 안타깝기도 합니다.

그래서 주디의 대사는 이 시대에 더욱더 빛을 발하는 것 같습니다.

"서로가 서로를 이해하려고 하면 할수록 우리는 더 특별해질 겁니다."

'같이의 가치'라는 광고 카피를 보았는데요. 저는 이 카피를 보고 더 나아가 '사람은 동일하게 같은 가치를 지녔으며, 함께할 때 그 가치가 빛을 발한다'라는 사실을 생각하게 되었습니다.

'특별한 사람들'이 한데 어우러져 사는 세상을 주디처럼 강렬히 꿈꾸게 됩니다.

에필로그
어른이 어린이에게

어린아이에게 배려심을 가지고 잘해 주어야 하는 까닭을 어른인 우리는 이미 잘 알고 있습니다. 아이에게 우리가 1의 사랑을 주었다면 그 사랑은 그 아이의 지금의 인생에서뿐만 아니라 앞으로의 인생에서도 100, 1000, 아니 무한대의 효력을 낼 수 있기 때문일 것입니다.

이처럼 세상에서 가장 중요한 효력을 내는 것이 어른이 어린이에게 해 주는 사랑입니다. 이것이 부모의 제일의 역할이자 존재 이유 그 자체죠.

그러나 우리가 이러한 사실을 잊고 내가 힘들고 내가 바쁘다고 아이들을 애정 없이 대한다면 사랑의 효력이 극대화될, 인생에서 가장 소중하고 중요한 이 시기는 금세 지나가 버리고 맙니다.

후회해도 소용없습니다. 인생의 시계를 거꾸로 돌릴 수는 없으니까요. 두 아이와 함께하면서 이런 점을 많이 느낍니다. 그래서 자꾸 내가 이 소중하고 중요한 시기에 할 수 있는 것을 찾게 됩니다. 저 자신에게 부족한 게 많습니다.

초점은 '아이의 정서적인 안정'에 두어야 한다는 것을 매일 느낍니다. 편안하고 유쾌한 분위기, 긍정과 긍휼의 관점. 이 기본 중의 기본, 핵심 중의 핵심을 지켜야 하는데, 이것은 곧 부모 자신이 형식이 아닌 본질로 선하게 살아야 한다는 것을 의미하겠지요.

인생을 살아 보면 중요할 때와 힘들 때 주는 도움의 가치가 어마어마하다는 것을 느끼게 됩니다. 제가 그 같은 도움을 받았고, 저는 그 같은 사랑의 힘으로 가족과 이웃을 돕는 것이겠지요. 그리고 실은 아이들이 그 사랑스러움과 귀여움으로 우리에게 사랑을 어찌 보면 더 많이 주고 있습니다.

그러므로 어른이 아이에게 일방적으로 사랑을 주는 것이 아니라, 어른과 아이가 서로 사랑을 배워 가고 나누어 가는 것이라는 생각이 듭니다. 이러한 사랑의 유산이 가정에서 세대 간에 이어지기를 간절히 소망합니다. 그리고 더 넓게는 가정의 바깥에서도 어른들이 아이들에게 그러하기를 소망합니다. 아이는 소중하니까요.

부모가 자녀에게 해줄 가장 큰 선물이 무얼까요. 바로 '웃음' 아닐까요. 본인이 웃으며 살고, 자녀에게 웃어 주고. 그러면 자녀는 '인생은 즐겁게 사는 거구나', '같이 산다는 건 서로에게 웃어 주는 거구나' 하고 자연히 여기지 않을까요.

저는 자녀를 보노라면 벅차서 웃음이 납니다. '와, 이렇게 귀한 자녀를 내게 보내 주셨네' 하며 신기하고 감사하고 행복합니다. 그 같은 신기함, 감사함, 행복함을 느끼며 웃음이 절로 나옵니다.

자녀는 부모의 심각한 표정을 금방 알아챕니다. '무슨 일이 있나' 하고 눈치를 보죠. 가정이 평안하고 화목해야 하는 이유입니다.

인생을 심각하게 사는 사람들은 자녀에게 웃음을 잘 보이지 못합니다. 그런 부모와 함께 산 자녀들은 사람을 불편하게 여길 수 있겠죠. 그리고 '인생이란 심각하게 살아야 하는 건가 보다' 생각할 수 있죠.

부모가 자녀에게 웃어 주는 건 전혀 어려운 일이 아닙니다. '네가 있어 행복하다' 그 마음을 표정으로 내보이는 것뿐.

부모가 자녀에게 줄 수 있는 가장 큰 선물을 우리는 매일 매 순간 자녀에게 줄 수 있습니다.

이 웃음이 자녀의 인생을 웃게 합니다. 이 웃음이 자녀의 인생을 여유롭게 합니다.

부모의 웃음이 자녀가 살아가는 힘이 되는 것입니다. 그러니 많이 웃는 사람 됩시다.

같은 신발

정혜민

내가 처음 세상에 나온 순간
나를 사랑으로 축복해준 그대

내가 처음 스스로 걸은 순간
손을 뻗어 나를 안아준 그대

내가 처음 학교에 간 순간
한참을 손 흔들며 지켜봐준 그대

그대의 엄지손가락만 했던 나의 발이
같은 신발을 신는 지금이 되기까지
내가 기쁠 때는 함께 웃어주고
슬플 때는 함께 울어준 그대

내가 아플 때 자신이 대신 아프기를 소망하던 그대
엄마, 이젠 내가 안아줄게요
아빠두♥

너에게 영원히 해 주고픈 말

루카스 제이

네가 있어서 나는 행복하다.
너의 행복이 나의 행복이다.

너라는 존재가
내게는 그렇다.

너는 나에게
그처럼 소중한 존재다.

그 정도를 말할 수 없을 정도로.

그러니 너를 아껴 주렴.

넌 내게 소중한 존재니까.
넌 너 자체로 특별한 존재니까.

아이에게서 배운 것,
아이와 함께하며 느낀 것을 적어 보세요.

너의 손을 잡으며
아이에게 배우고 아이와 함께하며

초판 1쇄 발행 | 2024년 6월 14일
지은이 | 정민규(루카스 제이 Lukas Christian Jay)
발행인 | 정민규
편 집 | 정민규
디자인 | 담아
발행처 | 또또규리
출판등록 | 2020년 7월 1일 (제409-2020-000031호)
이메일 | aiminlove@naver.com
유튜브 | @ttottokyuri
인스타 | @ttottokyuri
홈페이지 | https://blog.naver.com/ttottokyuri
ISBN | 979-11-92589-73-2 (03810)

또또규리 출판사의 도서목록
수필

인생과 운전
인생을 운전하는 우리를 위하여
정민규(루카스 제이) 지음 | 값 17,000원

우리가 살면서 가장 크게 영향을 끼치는 일, 운전. 그 중요한 운전을 인생과 함께 통찰한 최초의 에세이. 개인의 반성에서 시작해 사회의 변화를 도모하는 사회적 에세이. 우리 모두의 안전과 성숙을 위하여 운전대를 잡는 자신과 가족, 이웃에게 이 책을 선물해 주세요.

네 나이에 알았더라면 인생이 달라졌을 거야
사랑하는 자녀에게 꼭 전해 주고 싶은 부모의 인생편지
정민규(루카스 제이) 지음 | 값 10,000원

부모의 삶은 자녀에게 교훈으로 전수되어야 합니다. 부모의 시행착오가 자녀에게 약이 되도록 말이지요. 이 책은 인생을 살아갈 때 꼭 필요한 마음자세, 생활습관 등에 대한 부모의 인생편지 24통을 모은 것입니다. 이 안에 부모의 인생경험, 인생공부가 압축되어 있습니다. 이 시대에, 특히 한국 사회에서 갖추어야 할 삶의 지혜를 담았습니다.

사는 게 낯설 때
아이러니를 알고 삶에 대응하기
정민규(루카스 제이) 지음 | 값 15,000원

사는 게 낯설 때가 옵니다. 방향을 전환해야 할 때입니다. 이때 삶과 사람을 아이러니의 관점으로 볼 줄 알아야 합니다. 아이러니를 알고 삶에 대응하는 것입니다. <사는 게 낯설 때>에서는 순간순간 삶에서 아이러니로 다가온 현상들을 살펴봅니다. 현상을 다른 시선으로 바라볼 때 변화를 모색해 볼 수 있습니다.

만나야 할 말들
나를 키우는 인생문장
정민규(루카스 제이) 지음 | 값 10,000원

우리가 인생을 살아갈 때에 '만나야 할 말들'이 있습니다. '나를 키우는 인생문장'들이지요. 살면서 잘 생각해 보지 못한 것들, 미처 깨닫지 못했던 것들을 우리는 이러한 힘 있는 말들을 통해서 생각해 보고 깨닫게 됩니다. 이러한 능력의 문장들은 보는 즉시 반가워하며 기꺼이 인생의 지혜로 삼을 수밖에 없는 매력을 지니고 있습니다. 여기, 제가 지금껏 만난 명문장들 중에서도 특히 더 빛을 발하는 명문들을 모아 보았습니다. 그리고 마치 그 명문들과 교제하듯 저의 생각과 느낌을 함께 담아 보았습니다. 이 귀한 말들과의 만남을 통해 나와 우리의 삶이 성장하기를 소망합니다.

어른이라 말할 수 있도록
어른으로 이끄는 마음과 생각, 그리고 행동
정민규(루카스 제이) 지음 | 값 12,000원

인간에게 가장 어려운 단어는 무엇일까요? '어른'이 아닐까 싶습니다. 어른답게, 어른으로서 살아간다는 것은 결코 쉬운 일이 아닙니다. 어른은 자신의 몸과 마음을 책임질 줄 알아야 하며, 자신이 좋아하고 잘하는 일을 찾아야 하고, 가족과 이웃에게 도움이 되는 삶을 살 수 있어야 합니다. 정말 쉽지 않은 것들입니다. 이것들의 총체가 '어른의 인생'이니 매일매일 그 무게를 감당해야 합니다. 인생이 아이러니한 것은 우리가 살아간다는 것에 부담을 가지기보다는 그저 겸손하고 감사하게 매 순간을 받아들일 때 삶도 일도 쉬워진다는 사실입니다. <어른이라 말할 수 있도록>을 통해 그 어른의 길을 함께 걸어가길 바랍니다.

인문

글 쓰는 마음
글 쓰기 전에 마음부터 준비하기
정민규(루카스 제이) 지음 | 값 10,000원

좋은 글이란 무엇일까요? '좋은 마음을 나누는 글'일 것입니다. 강건한 삶을 살고 강건한 글을 쓸 수 있다면, 담대한 삶을 살고 담대한 글을 쓸 수 있다면, 유머 있는 삶을 살고 유머 있는 글을 쓸 수 있다면 그렇게 쓰인 그 글들은 글쓴이의 마음에 들 것입니다. 독자들의 마음에 드는 일은 말할 것도 없겠지요. 그리고 이것은 글쓰기를 위한 마음 준비가 된 사람만이 누릴 수 있는 기쁨과 보람일 것입니다. 작은 이 책을 통해 그 큰 기쁨과 보람을 만나 보시길 바랍니다.

신앙

복 있는 부모는
자녀 교육은 부모의 크기만큼
정민규(루카스 제이) 지음 | 값 12,000원

복 있는 부모는 곧 "복 있는 사람"입니다. 복 있는 부모의 삶은 성경의 시편 1장 3절에서 말씀하는 "시냇가에 심은 나무"처럼 모든 행사가 다 형통합니다. 부모의 그 복을 자녀는 전달받습니다. 이 책은 부모의 온전한 신앙생활을 마음과 행동의 권면으로 독려하면서 구체적인 자녀 교육에 관해 지혜를 나누고 있습니다. 특히 혼란스러운 현시대에, 특히 한국 부모들에게 필요한 통찰과 숙고의 지점이 어디인지 살펴봅니다.